与幼小者

[日] 有岛武郎

鲁迅评介的白桦派经典作品

交织着疼痛与爱的动人生命哲学

"不要怕,在无畏者的面前就有路!"

曹珺红 杨晓钟 等 译

陕西新华出版
陕西人民出版社

图书在版编目（CIP）数据

与幼小者／（日）有岛武郎著；曹珺红等译. —西安：陕西人民出版社，2024.6
 ISBN 978-7-224-15376-7

Ⅰ.①与… Ⅱ.①有… ②曹… Ⅲ.①短篇小说—小说集—日本—现代 ②散文集—日本—现代 Ⅳ.①I313.15

中国版本图书馆 CIP 数据核字(2024)第 087836 号

出 品 人：赵小峰
总 策 划：关　宁
出版统筹：韩　琳
策划编辑：王　倩
责任编辑：张启阳　张　现
整体设计：白明娟

与幼小者
YU YOUXIAOZHE

作　者	[日]有岛武郎
译　者	曹珺红　杨晓钟　程江江　纪嘉煜　和　阳　李依琳 李昳浓　李诗璐　李　岚　杨　卓　王方玉　王志毅
出版发行	陕西人民出版社
	（西安市北大街 147 号　邮编：710003）
印　刷	西安市建明工贸有限责任公司
开　本	787 毫米×1092 毫米　1/32
印　张	4.375
字　数	70 千字
版　次	2024 年 6 月第 1 版
印　次	2024 年 6 月第 1 次印刷
书　号	ISBN 978-7-224-15376-7
定　价	28.00 元

译者前言

有岛武郎（1878—1923）为日本白桦派的代表人物之一。他是几乎所有研究者公认的一位人道主义作家，在日本文坛上占有重要的历史地位。他尊重人的个性、深切同情社会底层民众、关怀女性和儿童、反对战争，其作品中体现的人道主义精神超越了国家和民族的界限，打动了无数读者。

有岛武郎于明治十一年（1878）出生在东京，父亲在明治维新后曾任大藏省书记官等职，家庭条件十分优渥。在封建守旧的日本，男性地位至高无上，女性是男性的附属品，没有尊严可言。而且父权如山，长期以来屹立不倒、根深蒂固，子女往往被忽视。有岛武郎又是家中长男，因而在成长过程中受到了严苛的训练。但他却选择勇敢地冲破世俗，通过作品来维护人的尊严，关注人的生存价值，关切人的命运，重视人的幸福，尊重人的自然本性，提倡个性自由并看重人的生存权利。

本书的同名作品《与幼小者》源自作者的真实生活，充分体现了作者的觉醒意识：尊重孩子的个性，给孩子以不求回报的爱，并且教导儿子要努力填平贫富差距的鸿沟，尽力帮助他人，做对社会有益的人。鲁迅看过《与幼小者》后，情不自禁地称赞有岛是一个觉醒者。朱自清在《儿女》一文中说："读了有岛武郎的《与幼小者》译文，对那种伟大的、沉挚的态度，我竟流下泪来了。"巴金在《文学生活五十年》里说："特别是有岛武郎，他的作品我读的不多，但我经常背诵有岛的短篇《与幼小者》。"

除此之外，书中还选录了《生的苦闷》《我的帽子的故事》《险些溺水的兄妹》《卑怯者》《燕子与王子》《仲夏之梦》，这些作品或饱含着强烈的社会责任心和时代感，或流淌着纯然的、毫无隐瞒的爱，或闪现出自由的灵魂与真挚情感。

可以说有岛武郎是将生活体验融入作品之中，同时，用作品反过来鞭策自己的生活。他的作品在文学领域产生了深远的影响，是日本近代和现代文学的代表作家之一。遗憾的是，有岛武郎英年早逝，1923 年 6 月 9 日，他在轻井泽别院净月庄中，与波多野秋子一起殉情而死。

与幼小者

孩子们，等你们长大成人——不知道那时我是否还在——你们应该会有机会看到我写的东西。到时候你们也会看到这封小小的信件。时光飞逝，无法想象你们到时会怎样看待我。也许，你们会嘲笑和怜悯我的过时，就像此时此刻我看待这即将过去的时代一样。为了你们，我祈祷事情如我所想象的。你们就应当毫不犹豫地踩在我肩上，超过我，走向更高更远的地方。但是，我希望你们记住在这个世界上有人，或是曾经有人深深地爱着你们。这件事对你们来说非常重要。即使你们看着这封信，嘲笑我的不成熟和顽固，我依然要用我们的爱去温暖，去安慰，去鼓励你们，让你们用心体会人生的各种滋味。为此，我给你们写了这封信。

去年，你们永远地失去了你们唯一的妈妈。你们出生后没多久,就被剥夺了生命中最重要的养分。至此,你们的人生已然变得黯淡无光。最近,某杂志前来约稿,题目是"我的母亲"。我不假思索地写道:"我的幸福就是我的母亲一开始就是一个人,并且一直健在。"手中的钢笔将停未停,我想到了你们,仿佛自己做错了什么一样心痛不已。但事实就是事实,我的母亲依然健在,所以我是幸福的。而你们是不幸的,这份不幸甚至没有任何补救措施,可怜的孩子们啊。

想来,那是七年前的事了。凌晨三点开始,产妇便隐隐阵痛,不安在家中蔓延。那天大雪漫天,狂风呼啸。在北海道这不算奇景,但那场暴风雪却大得非比寻常。城外河边的一栋房子在暴风雪中摇摇欲坠,窗玻璃上的细雪和空中的积云将日光遮蔽,夜的黑暗从未从房中退去。昏暗中,灯光熄灭,你们的母亲裹在白色的衣服里,仿佛坠入噩梦般呻吟着。在学生和女仆两人的帮助下,我开始生火烧水,并遣走了信使。当产婆浑身是雪踉跄着推门而入时,房中众人都松了一口气。但时至中午甚至过了中午,产妇却依然没有要生产的迹象。产婆和护士忧心不已,看到她们这样子,我顿时慌了神,无法继续再待在书房里等待结果。我走进产房,握紧产妇的双手。每次产妇出现阵痛时,产婆都会叱责般高声为她助力以使她尽快完成分娩。然而,在经历了片刻的痛苦之后,产妇又陷入了沉睡,甚至打起了鼾,似乎已经忘记了一切。产婆和随后赶来的医生四目相对,一筹莫展。医生似乎盘算着,要在产妇昏迷时采取一些紧急措施。

下午,外面的暴风雪逐渐消停。厚厚的雪云中透出暗淡的日光,照在窗户的积雪上。然而,产房里的人都被越来越浓重的名为不安的积云笼罩着,医生、产婆和我都惴惴不已。只有产妇和腹中胎儿对此危险处境毫不知情,临着最可怖的命运之渊而立,两条生命迷迷糊糊地在睡梦中逐步走向死亡。

好像刚好到三点钟时——临产的第十二个小时。在接近傍晚的昏暗光线中,产妇迎来了后一次剧烈的阵痛。她忽然睁开眼皮,仿佛在做着一个可怕的梦,双眼无神死死瞪着某个地方,折磨她的仿佛不再是痛苦而是惊惧,她的脸变得扭曲。然后,她将我的上身用力拽向自己的胸口,用双手紧紧锁住不放。若我没有像她那样拼命用力的话,恐怕早已经被她压碎了胸口。在场所有人的心都不由自主地振奋了起来,医生和产婆仿佛忘了自己身在何处,高声为产妇催生。

突然,我感到产妇的手没那么用力了,便抬起头来。只见一个浑身苍白、毫无血色的婴儿仰面朝上躺在接生婆的膝盖上。她就像是想要捣开外壳般地在婴儿的胸口用力地敲打着,嘴里面喊着"葡萄酒,葡萄酒"。护士拿来了酒。接生婆连说带比画,指挥着护士将酒倒入了盆中。伴随着浓郁的酒香,盆里的热水一下子变了颜色,红得像血。婴儿就被放在了那里面。没过一会儿,一声微弱的啼哭声响起,打破了那令人窒息的紧张沉默。

刹那之间,在这偌大的天地中,突然就多出来了一个母亲和一个孩子。

那时,这位初为人母的女性看着我,虚弱地微笑着。我看着她的样子,不知怎的眼角就渗出了泪水。我不知道该如何向你们描述当时的情景,也许我可以这样表达:是我所有的生命力量将眼泪挤出了我的眼角。从那时起,我眼中的生活完全变了样。

你们当中第一个看到这个世界的人,就是这样来到了这个世界上。紧接着,第二个、第三个,虽然出生时各有各的难,但你们都同样令父母感到不可思议。

就这样,这对年轻夫妇相继成为你们三人的父母。

那时,我心头萦绕着许多问题。我一直奔波忙碌,却没有做出任何一件让自己"满意"的事情。我这人总是什么事都咬紧牙关独自承担,虽然表面上过着普通的生活,但心中却为着不时涌现的不安而烦躁不已。有时,我后悔自己的婚姻,有时,我憎恶你们的出生。有时我会想,为何在自己尚不明确未来方向的时候就结了婚?有时也会疑惑,因为有妻子而必须拖在身后的那几个负担,为什么还非要将他们带在身边呢?为何要将两人肉欲的结果看作来自上天的馈赠?那些被我用在家庭上的精力和体力,是不是应该用在别的地方呢?

我曾因自己内心的烦乱让你们的母亲哭泣,伤心。也曾对你们蛮横无理。每当我听到你们哭闹不停的时候,都忍不住想要做一些暴虐的事情。而如果是我正在写稿的时候,你们的母亲因为一些家庭琐事跑过来烦我,抑或是你们在旁边大声哭闹的话,这些都会让我条件反射般拍桌而起并转身离去。尽管我知道自己过后一定会陷入无尽的愁绪,但还是会对你们言辞激烈,打骂斥责。

然而,终于,因为我的自私和不理解,惩罚我的时刻来到了。因为你们的母亲实在不放心将照顾你们的事托付给别人去做,于是就每天晚上让你们三个躺在自己的旁边或是两侧。整个晚上,要么就是在哄这个睡觉,要么就是在给那个热牛奶,或是在给另外一个把尿,完全没有时间睡一个完整的觉。就是这样一个为你们付出了所有的爱的母亲,直到她发烧到41度,倒在地上时,我才惊觉事态有多严重。两位前来检查的医生都说她可能患有肺结核,闻言,我的脸瞬间没了血色。痰液检查的结果证实了医生的说法,你们的母亲只得抛下才四岁、三岁和两岁的你们入院治疗。那是十月底的一个寂寥秋日。

完成一天的工作后,我飞奔到家,带着你们中的一个还是两个赶去了医院。在病房里忙来忙去的是我刚来到这个镇上居住时为我工作过的一位勤快的老妇人。看到你们过来,她背过身悄悄抹去了眼泪。看到坐在病床上的母亲,你们立刻飞奔过去,想要扑到她怀里紧紧抱住她。那时你们的母亲还不知道自己得的是肺结核,她张开双臂,像是抱着宝物似的想要将你们拥入怀中。我不得不左右拉扯着你们,尽量让你们不要靠近她的床边。有那么几次,我甚至体会到了那种想要两全,但却被人误解,又无法申辩的人的心情。可就算是这样,我也早已没有了表达愤怒的勇气。当我将你们与母亲分离并带你们回家时,归途上的盏盏路灯已投下微弱的光亮。我走进家门,家里只有用人。他们明明有两三个,却没有人给留在家中的男婴换尿布。婴儿难受地大哭着,他的裤裆经常都是湿漉漉的。

你们认生,这让我觉得很不可思议。在终于将你们哄睡后,我轻轻地走进书房查阅资料。我的身体虽然疲惫不堪,但精神却很亢奋。待我完成工作准备上床睡觉时,已是晚上十一点左右,这个时候神经脆弱的你们往往会从梦中猛然惊醒。而到了凌晨,你们中的一个会因为想要喝奶而哭喊起来。这么一折腾,我便再也睡不着,然后天就亮了。吃罢早饭,我红着双眼,就这样顶着一个硬邦邦的,似是长出了一颗坚硬的心一般的头,硬撑着出门去上班。

北方的冬天很快就到了。那一天,我来到医院,你们的母亲正躺在床上望着窗外。她一看到我就对我说她想尽快出院,她说她害怕看到窗外的枫叶变成那副模样。是啊,她刚住院时火红艳丽的枫树如今却变得光秃秃的,花坛里的菊花也被霜冻所伤,明明还没到时候,它们却都已早早枯萎。也许的确不该每天让她面对如此的寂寥。但你们母亲真正的心思不在这上面,她只是无法再继续忍受没有你们在身边的日子。

到了终于要出院的那天,寒风凛冽,雪里还夹带着冰碴。我为了让她安心,工作一结束就立刻赶往了医院。病房里没人,帮忙的老妇人在房间的一个角落里整理着靠垫和茶具以及慰问品之类的东西。我匆匆赶回家,发现你们已经吵吵闹闹地围在你们母亲身边,看起来十分开心。此情此景,令我泪流满面。

不知不觉,我们已经变得密不可分。我们五人紧紧抱着互相取暖,就像野草试图保护自己免受即将到来的寒冷侵袭一般。但北方的寒气太重,我们终究无法温暖彼此。我不得不像候鸟一样南迁,即使这会让病人和天真无邪的你们奔波劳累。

初雪下得又快又猛。当晚,我们离开了这块生养你们的土地,踏上了新的旅途。一些难忘的面孔在火车站的漆黑站台上向我们告别,津轻海峡阴沉的海水也被我们抛在身后。跟着我们到东京的一名学生像母亲一样整晚把你们中最小的一个抱在怀里,这样的例子怎么说都说不完。所幸我们一路平安无事,在经过两天的沉闷旅途后,于深秋时节顺利抵达东京。

　　与以前所在的地方不同,东京有许多我的亲戚和兄弟,他们对我们极为关切,这些都给予我无限的力量。你们的母亲很快就住进了 K 海岸的一栋简陋租借别墅中,我们住在附近的旅馆,时不时过去看她。那段时间,感觉她的病情好了很多。我、你们和你们的母亲还能走到沙滩上,晒着太阳开心地玩儿上两三个小时。

　　我不明白命运为什么会给予我们如此恬静的时光,但显然,它也没有忘记自己必须做的事情。那一年接近年末的时候,你们的母亲从一次小感冒开始病情不断恶化。而你们中的一个也突然发起了高烧,原因不明。我不忍心将这件事告诉你们的母亲。孩子的病占用了我很长一段时间。你们的母亲开始对我的疏于问候表示不满。终于我也病倒了。我只能和生病的孩子躺在一张床上,发着未曾经历过的高烧,嘴里不停呻吟。至于我的工作,它现在离我千里之遥,但我并不后悔。为了你们一定要坚持到最后。这股热浪在我的心中熊熊燃烧,早已超过了我的体温。

　　悲剧的高潮出现在新年伊始,你们的母亲终于知道了自己患病的真相。在医生完成宣告病情这一艰巨任务并离开后,你们母亲脸上的表情终将萦绕在我余生的记忆之中。她面色苍白神情淡漠地躺在枕头上,静静地看着我,用微笑表达出她冷酷的决心。那里有对死亡的认命,有对你们的不舍。这是何等悲壮,我被这凄惨的感觉所震撼,不禁低下了头。

住进 H 海岸的医院这一天终于到来。你们的母亲已经下定决心,除非自己恢复健康,否则即便是死,也不会再见你们。当她身着盛装——这衣服她确信自己再也不会穿了,事实上她确实再也没穿过,在婆婆和娘家母亲面前痛哭了一场。你们的母亲是个性情刚烈的女人,即使和我单独相处时也从未哭过,但那时她的眼泪却怎么都止不住。这些热泪是只属于你们的,十分珍贵,现在它们已经干涸了。我不知道它们是否已经成为天空中的一片云、山谷中的一滴雨、海洋中的一束水泡,抑或是已经存入了某一个意外之人的泪腺当中。但这热泪仍然是你们最珍贵的财富。

当我们来到车前,你们中的一个病还没好无法站立,被女仆背在背上,另一个摇摇晃晃地走着,你们都来送自己的母亲。最小的孩子没有来,因为祖父母担心这会让你们的母亲更加痛苦。你们震惊于眼前这偌大的车,而你们的母亲正悲伤地将这一切看在眼里。汽车发动上路,在女仆的鼓励下,你们举起双手,像军人一样行了个礼。你们的母亲微笑着,轻轻地低下头。你们不会想到这一见便是永别。可怜的孩子们啊!

直到你们母亲咽下最后一口气，这一年零七个月里，我们之间进行了一场激烈的战斗：你们的母亲为了以最好的姿态面对死亡，为了把她最大限度的爱留给你们，为了体谅我；我为了把她从病魔手中抢回来，为了像个男人一样把即将降临的命运扛在肩上；你们则为了摆脱不可思议的命运，为了让自己适应逆境。我们都在战斗。那是一场充满血腥的斗争。我、你们的母亲，还有你们，无数次被子弹击中，被刀剑刺伤，跌倒，爬起，再跌倒。

在你们六岁、五岁和四岁那年的八月二日，死神向你们伸出魔爪。死压倒了一切，又拯救了所有人。

你们母亲的遗嘱中最崇高的部分是留给你们的那段话，如果你们有机会读到这封信，最好能跟你们母亲的遗嘱放到一起看。你们的母亲就算留着血泪也没有改变主意，到死也没有再见你们一面。这不仅是因为她害怕将疾病传染给你们，也不是因为怕看到你们会令她心碎，而是她害怕向你们展示死亡的残酷，令你们的生活变得黑暗，唯恐你们成长的灵魂留下一点伤痕。让婴儿知晓死亡是无用且有害的。在举行葬礼的时候，她希望你们能在女佣的陪伴下度过快乐的一天。这就是她写下的内容。

她还说了这样一句话：

"父母对孩子的爱之博大，就如同阳光普照着这人世间。"

你们母亲去世的时候，你们正在信州的一座山上。你们叔叔还写信说，如果我不让你们参加葬礼会成为你们的一生之憾。即便如此，我还是强行拜托他将你们留在了山上。也许有一天，你们会觉得这样的我太过残忍。现在已是深夜十一点半，在我写这封信的房间的隔壁，你们并排躺好，酣睡正香。你们尚且年幼，等你们到了我这个年龄，应该就会明白我这样做的用意，这亦是你们母亲的授意。

而这段时间，我又是如何走过来的呢？经历了你们母亲的过世，我也在彷徨之中找到了自己该走的人生道路。我知道，要爱惜自己，坚定地走好这条路。我曾经在一部作品里描绘了一个男人如何下定决心要牺牲自己的老婆。而在现实里，则是你们的母亲为我牺牲了自己。没有哪个人会像我一样不知道如何使用自己的能力，我周围的人只把我看作是一个可怜、胆小、愚钝、无能之人。没有人愿意正视我的胆小、愚钝和无能，而你们的母亲却做到了。我开始在自己的软弱中感受到力量。在不擅长的领域找到了工作，在我无法大胆的地方寻得了大胆，在我没有感知的地方发现了感知的力量。换句话说，我敏锐地看透了自己的愚钝，大胆地承认了自己的胆小，勤勉地验证了自己的无能。有了这能力，我便可以鞭策自己，过上不同的人生。如果你们能够看到我的过去，会知道我没有白白地过活而为我感到高兴。

在那些下着雨,屋里浮现出一种阴郁气质的日子里,偶尔有时,你们中的一个会默默地走进我的书房,叫了一声爸爸之后就靠在我的膝盖上抽抽搭搭地哭起来。究竟是什么让你们懵懂的眼中满是泪水?可怜的孩子们啊。没有什么比看到你们在无端的悲痛中崩溃更让我觉得寂寥的了。而在另外一个清晨,看到你们充满活力地跟我打过招呼之后,再跑到你们母亲的照片前,欢快地喊着"妈妈好",这情景深入我的灵魂深处。在那一刻,时间仿佛停滞在了我的眼前。

世人一定认为我的说法很荒谬。在那么多稀松平常的事情中,妻子的死不过是其中的一件罢了,人们还没有闲散到将这件事念念不忘。这倒是真的。但尽管如此,总有一天,你们会和我一样,把你们母亲的去世视为一种不可替代的悲哀和遗憾。不要因为世人的毫不在意而感到羞愧,这没什么可羞愧的。我们会从最平凡的事情中看到人生的孤独。小事不小,大事不大,凡事都看你自己如何去感受。

毕竟,你们的人生初始便是如此令人痛心。无论你们是哭、是笑、是觉得有趣还是孤独,关心你们的父亲还是会觉得痛苦伤心。

你们还不了解这种悲伤对你们和我来说是多么强大的力量。我们因为这一损失而更加了解人生,我们的根已经深入到了地下。一个人活着却不去更加深刻地体验人生,那将是一场灾难。

　　但是,我们也不能过多地沉浸在自己的悲伤中。直到你们的母亲去世,在金钱方面我们都没有任何的束缚。她可以吃所有她想吃的药,吃任何想吃的东西。我们享有这些不可剥夺的特权是社会组织的偶然结果。你们中的一些人可能还隐约记得 U 氏家族,U 先生被他死去的妻子传染了结核,而他那么理性的一个人却信了天理教,想想他当时竟然相信祈祷能够为自己治病,我真是难以置信。我也不知道是药管用还是祈祷管用,但当时 U 先生是想吃药的。但他却吃不到。他流血不止却每天都去办公室。他的喉咙被包裹在手帕里,只能发出一些嘶哑粗涩的声音。他知道工作只会加重他的病情。明知如此,U 先生仍寄希望于祈祷,为了他的老母亲和两个孩子,英勇地、不知疲倦地工作。当他病情加重时,他拿出自己仅有的一点点钱打了一针古贺液,负责注射的乡村医生粗心大意,针剂没有被注入静脉遂引发了严重的高烧。最终 U 先生因为这个,抛下了身无分文的老母和幼子,命归黄泉。他们就住在我们隔壁,命运就是如此充满讽刺。以后当你们想起母亲的死的时候,也不要忘记回想一下 U 先生。然后还要尽你们所能地去填补两者之间这可怕的差距。之所以这样说,是因为我认为你们母亲的死亡足以让你们的爱延伸到这种程度。

人世间已是如此寂寞。我们又岂能只是袖手旁观。你们和我，就像尝过血的野兽一般品尝到了爱的滋味。前进吧，尽我们所能去努力，让周围的人们免于孤独。我爱你们，将永远爱你们。我这么说不是为了从你们那里得到身为父母的回报。你们教会了我如何去爱你们，我只希望你们接受我的感谢。当你们长大成人，我可能已经不在了，也可能正在努力工作，或者已老去，没有任何用处。但无论如何，需要你们去帮助的人不是我。你们年轻的力量不应该用在已然走向人生下坡路的我的身上。你们应该像吃光了死去父母的尸体得以保存力量的小狮子那样，带着力量和勇气前进，将我抛在身后，去开启自己的人生。

时针已经指向了凌晨的一点十五分。在这寂静的夜里，我听到的只有房间里的你们平稳的呼吸声。我面前摆着你们的姨妈送给你们母亲的玫瑰花，它放在照片前面。这让我想起了我为她拍这张照片时的情景。那时候，你们中最大的一个还在母亲的子宫。当时，你们的母亲一直被一种自己也不甚明了的希望和恐惧折磨着，那时的她格外美丽。她仿效希腊之母，在房间里装饰各种好看的肖像。有密涅瓦、歌德、克伦威尔、南丁格尔等人的画像，那时的我心里略带嘲讽地旁观着这少女般的野心，如今再想起来却无法一笑置之。当我说要给你们的母亲拍张照片时，她化着最好的妆容、穿着最美丽的衣服,来到我二楼的书房。我看到她时多少有点惊讶,她悲伤地对我笑了笑,说:"分娩是女人的战斗。她要么生下一个健康的孩子,要么死。"这也解释了为什么她在临死之际盛装打扮,那时我没心没肺地笑了笑,然而现在却再也笑不出来了。

深夜的寂静令我肃然。仿佛你们的母亲就隔着桌子,坐在我面前。她的爱每时每刻都保护着你们,正如她在遗嘱中所说的。睡个好觉,孩子们。让时间的奇迹掌管你们,做个好梦。明天你们将从床上一跃而起,比昨天更加成长,更具智慧。我将尽我所能完成我的任务,无论生活多么失败,无论多大的诱惑将我打败,你们都不会在我的足迹中发现任何的不纯粹。我一定会这么做。你们必须从我死去的地方重新出发,至于走向哪里,又要如何去走,我相信,你们会从我的足迹当中探知一二。

我的孩子们啊!不幸又幸运的你们要谨记父母的祝福,走上人生的旅途。前路远且昏暗,但不要害怕,道路自会为那些无所畏惧勇往直前者而开!

前进吧,鼓起勇气。我的孩子们!

生的苦闷

一

　　一直以来,我都把自己的工作当成一项神圣的事业。我挣扎着尽可能把我那颗执拗纠结的心拽向一个欣欣向荣、生机明媚的世界,在那里构建起自己的艺术殿堂。对我来说,这是多么可喜的一件事,同时又是多么令我苦恼的一件事。在我的内心深处,确实和所有人一样——虽然也曾有火在燃烧,却因为被厚重的积尘覆盖,只能冒冒烟。不论我怎么努力地清理积尘,火焰也无法再轻易燃起 ,逢此瞬间,我总倍感凄凉。我坐在书桌前,向着窗外远眺渐渐被冬雪覆盖的农田,心中不断催促自己将搁置一边的笔握起。

　　天可真冷。稿纸也冷硬如冰。

　　太阳很快便西沉而下。昼夜交替之快,就像视线自上至下扫过一幅悬挂在眼前的巨幅白色纸张,天色被逐层晕染成浅灰、炭灰,再到墨黑,白昼的景象瞬间就变成了夜的漆黑。北海道的冬季,才刚到下午,夜幕已迅速降临。没有经历过的人,或许很难想象太阳仿佛被一口吞噬掉的那种可怕的寂寥。大风瞄准高原上的田野,从西南边尼濑古连峰的裂口冲出,一路高歌猛进,直吹而下,同时不忘掀动着初冬无数轻盈的雪片漫天飞舞。雪片像余晖中残阳的走失儿,忽明忽暗,没了淘气孩童的旺盛精力,才一落到积雪上,就化作一片冰凉的薄紫死去。只有打在窗上的雪片低语般发出扑簌扑簌的声响,其余的无一例外尽然失语。这群快活的白色失语者在翩翩起舞,令观者不禁泪目。

寂寞难耐。我搁下笔,望向窗外。于是,想起了你。

二

第一次见到你,还是我住在札幌的时候。我租住的房屋位于一条流经札幌郊区的河流右岸,河的名字叫作丰平川。屋子就建在河堤下十五亩左右的大苹果园里。

某日午后,你来找我。那时的你还是一名少年,看上去闷闷不乐,寡言少语,脊背也像是因为患过疳积不能挺直。你穿着脏兮兮的传统中学制服,似乎嫌扣子麻烦,一直敞着立领。不知为什么,这个画面我一直都清楚地记得。

你刚一坐下,就唐突地要我看你画的画。你带来的油画和水彩画多到一只手臂都快抱不住了。你像个轻易就能对自己狠得下心的人,从包袱里粗鲁地抽出几张画放到我面前,然后窥探似的目不转睛地注视着我。坦白讲,那时,我认为你是个不知天高地厚的年轻人。于是,我连头都没转向你,不大情愿地拿起你的画来看。

这一看,我不由大吃一惊。作画者虽然没有任何受训的痕迹,技巧也很稚嫩,但画作中蕴含着的力量不可思议地扑面袭来。这让我忍不住将视线从画上移开,想将你重新打量一番。嗯,我也这么做了。彼时,你依然看着我,眼神透着不安,又带着傲气。

"怎么样?虽然这都是些不值一提的东西。"

你用轻蔑的口吻说着自己的工作。说实话,我在对你的画作感到又惊又喜的同时,对你自视甚高的言辞也产生了一种反感,想说一些诸如"随便画画都是这个样子,得意之作就了不得了吧"之类的话讽刺挖苦一下你。

然而,幸运的是,我即刻逃离了这些玷污我品格的话。这并非因为我心灵高尚,而是无可奈何,你的画打败了我的反感,迫使我就范。

在你拿来的画中,有一幅至今还留存在我心中,让我记忆犹新的画作。那是一幅被标记为八号的晚秋风景画,画的是轻川(河)沿岸的沼泽地。云层酝酿着雨雪,笼罩着荒凉无垠的大地,与低矮的芦苇丛在地平线处交汇,丛中蹿出两棵细长的白桦树,幽微的日光从云的罅隙中穿过,无力地落在苍白的桦树皮上。你用蘸取了单色颜料的笔尖,用力地在画布上捣涂,手法虽笨拙,笔触却粗犷奔放。你甚至还使用了大自然中绝不存在的纯白色,不掺杂任何其他颜色,就那么率性地擦抹上去。但即便这样,只要定睛凝视,便能从中充分窥探出作者对色彩的敏锐感知力。不仅如此,从传达的整体效果上看,画的氛围也十分和谐统一。看画的人能立刻感受到一种忧愁,一种十六七岁少年几乎不可能有的深沉的忧愁。

"这不是画得很不错吗?"

我的心教我对画坦然以待,必须实话实说。

你听后,似乎有点脸红了——我是这么感觉的。但紧接着,你便露出一副不大信我的表情,其中还带着一种类似自嘲的冷漠。你将我和画同时打量比较了一会儿,又突然把脸转向了庭院那边。我觉得这个举动完全就是在侮慢我。我们尴尬地陷入了沉默。无所事事的我又拿起画静静地端详起来。

"那幅画哪儿不好吗?"

突然,你生冷地又问了一句。因为刚才的种种,我心里觉得莫名的别扭,没有兴致将意见一吐为快。但没想到,再看看你,竟然发现你表情认真,似乎在说:"不讲可不行!"目光中还流露出一股"要是敷衍了事,那就是看不起人!"的犀利劲儿。好!既然如此,我就不得不畅所欲言了。这么想着,我全神贯注地准备起来。

所幸,时至今日,当时的自己口无遮拦,说了怎样不客气的话,我已差不多忘光了。在画技上剑走偏锋、对大自然的观察不够细致入微、主题过于感情用事等,我当时绝对罗列出了一大堆的缺点。你一言不发地听着,目光如炬,最后终于从嘴角挤出一抹似有似无的笑意。那既像是普通的微笑,也像是讥讽的痉挛。

接着,我们又在沉默中相对而坐了二十分钟左右。

"那么,我还会再带画来给你看。下次会画得好得多。"

沉默之后,你一边起身一边说。这番话又令我吃了一惊。你的声音是那么天真明快,如同一个淳朴无邪的孩子,与方才简直判若两人。

人的心理真是神奇。仅此一声,就凭这一声,你我便结下了不解之缘。我懊悔对你做出了种种不善的臆测,有些愧疚,便和蔼地问你。

"你在哪里上学?"

"东京。"

"东京?那不是已经开学了吗?"

"是的。"

"那你为什么不回学校呢?"

"有的课,我怎么都及格不了,就变得厌学了……加上还有一些其他的小状况。"

"你这是想专攻画画了吗?"

"你看我能行吗?"

说这话时,你又露出和之前一样咄咄逼人的执拗表情。

面对这个问题,我竟不知该如何回答。我又不是专家,只是看了五六幅画,又怎能斗胆对一个少年的未来妄下结论呢。看到你苦苦思索的样子,一切都令我感到恐惧。我没有作声。

"过些天,我就会回老家。我老家在岩内,在那附近,有些开采硫黄的地方,我做梦都会梦到那儿的景色。到时,我会把它画成画寄给你。……虽然我很喜欢画画,但是画得不好,我应该走不了这条路。"

见我没有答话,你自责般说道,语气坚定,又带着失落。你把放在我面前那几张画胡乱塞进包袱里,就回去了。

将你送出大门后,我独自在宽阔的苹果园中彳亍。熟透的苹果压弯了树枝。有的树已是叶儿落尽,独留绯红的累累硕果沐浴在日光下。这是一个令人心旷神怡、晴空万里的十月小阳春天气。被我木屐碾过的干枯落叶,发出开裂声,碎成残渣。空气中悄然弥漫着浓浓的孤凄之情。彼时,恰逢我站在生活的岔路口,迷茫彷徨。我一次又一次伫立在即将入冬的大自然之中,苦苦思索你我二人的困局。

你就这样不可思议地给我留下了强烈的印象后,从我的眼前消失,再没出现。

之后,你曾寄来一两封咨询之类的信,就音信全无了。每当我遇到来自岩手的人,便总向他们打听,码头上有一个叫某某的年轻人,他们是否认识,可是一直没能获得进一步的线索。硫黄开采场的风景画也始终没有收到。

就这样,两三年的岁月逝去了。也不知怎的,每当我想起你,就体味到人生旅途的孤独。不管怎么说,彼此曾有过一面之缘,某种程度上还交了心的伙伴,一旦分别,即便在同一个地球上呼吸,此生却将不复相见……这是一件多么不可思议且凄凉、恐怖的事啊!且不论与人,与狗、与花、与尘埃之间又何尝不是如此呢。我那颗喜欢独处,却又过分感性、渴慕人间温情的心,没来由地,深深感到了世人命运的无奈,强烈的忧愁侵袭了我。而在唤起我此份心绪的众人中,就有你一个。

但是,我们人类就和猴子一样,浅薄又健忘。不过四五年的岁月,我心中关于你的记忆便即将被擦干抹净。你渐渐越过我的意识阈限,藏匿到我潜意识深处去了。

在这段不算短的时间里,我的身上也发生了很大变化。简而言之,在我住了近八年已习惯了的札幌,我结婚了,成了三个孩子的父亲,我放弃了长久以来的信仰,与教会也断绝了关系。我对之前一直从事的工作渐渐开始失望。在周遭没有任何阻力的状态下，新生活开始慢慢萌芽生长。我曾一直觉得前方生活的道路朦胧不清，笼罩着一团不幸的阴云。后来我不再纠结是该坚信还是该质疑自己的能力，毅然投身于自己并不中意的都市生活。于是，我只能袖手旁观，冷眼目睹一桩桩不幸的事接连发生，在心中充满这种危机的状态下，无奈地舍身踏进一个全新的领域。那便是文学的世界。

这一次，我是真正下定了决心的，要凭一己之力走到最后。而且，一旦踏上了这条路，不论擅长与否，都必须做好与人性较量到底的心理准备。

当我面对稿纸时，内心始终是质疑自己能力的。在人们入睡后，在草木休眠后，我独醒在寂寞的夜里。万籁无声，只听到钢笔尖划过纸面的沙沙声。此时，我便会有如神助般忘我地写个不停。有时，我仿佛清楚地感知到，身边似乎聚集了众多亡故之人的魂魄，他们痛苦而焦虑地想要借笔重生。每当我意识到时，眼中已满含激动的泪花。若非沉湎于艺术之人，又有谁能体味其中的喜悦滋味。然而，我的心有时也撕裂般地痛着，那份纯真已无处可寻时的寂寞，同样无法言喻。那时的我，不过是一块物质罢了，空洞虚无。我开始质疑自己文学者的身份。这世上还有比文学者的自我怀疑更令人感到空虚无助的事吗？此时的他很明显，已然丧失了生命力。每逢此瞬间,我的脑海里必定会浮现当时你的面容——因无法抉择要不要相信自己,坚定的意志与冷酷的自我批判在心中相争相斗,最终竟在不知不觉间对所有事物抱有敌意的那副表情。我搁下笔,从椅子上起身,一边在房间里踱着步,一边小声自言自语。

"那个少年后来怎么样了?希望他没有迷失前进的方向,也没有因自大走上无法回头的死路。如果他没有天赋沿着自己开辟的路走下去,希望上苍保佑他成为一个正直勤劳的人,平凡地走完一生。追寻理想的苦楚只我一人承受足矣。"

去年十月,说起来恰好也是我在位于河岸的家中偶遇你的第十个年头。一个小雨淅沥的午后,我收到了一个小包裹。女佣把它递给我时它所散发的腥臭味,让我误以为寄来的是鱼干。包装的油纸上满是雨水和泥垢,但寄件人的姓名还依稀可辨,只是我一时记不起此人是谁。我想姑且还是先打开包裹吧,便用小刀割开了结实的防腐捆包麻线,谁知剥开一层油纸后,里面又是一个被麻绳捆得严严实实的纸包。再割开麻线后,里面又是一个相同的纸包。这捆包方式谨慎得有点恼人,我像剥洋葱那样一层层地剥开它,终于从几张报纸中露出了三本被紧紧卷成棒状的自制写生簿,上面沾满了污渍,脏得不像话。我打开写生簿,始终都能闻到一股难闻的鱼腥味。

三本都是铅笔写生作品,且画的全是山和树木。我一看便知,这分明就是北海道的风景。且这些深邃的大自然肖像画,很明显只有真正的艺术家才能洞悉、描绘得出来。

"干得漂亮!"刹那间,我紧咬下唇,心中浮现起你年少时的模样。然后便不禁微笑了。我承认,如果这是小说或戏剧作品,当时的我或许就不是面带微笑,而是满脸渐溢苦涩的嫉妒之色了。

那天晚上我收到了一封你的来信。你同样用在粗厚画纸上磨平的铅笔杂乱奔放地写道:

北海道已是深秋了。原野上几乎每天都刮着寒风。

平日里我钟爱的花草树木,不知什么时候也都落了叶子。秋天令人思绪万千。

有时,碧空如洗,从船桅望去,附近的群山仿佛飘浮在空中一般。但大多数时候,都是风携着雨吧嗒吧嗒地落在路上,泥泞难行。

昨天,我寄了三本写生簿给你。自打那次请你看过画之后,我就在家乡过着贫寒的渔夫生活。整日劳作,活计繁重,虽然每年都想着要画画,但始终未能如愿。

今年七月开始,我终于第一次试着把画纸装订起来做成画册,开始用铅笔作画。但劳作之下的手已无法自如地再现出我的感知力,令我十分苦恼。

请你看这样粗陋的素描簿,自知是件十分难为情的事。可我终于还是忍不住把开始画的画一并寄了出去。(中略)

在我们镇上,即便是有点儿知识素养的青年,似乎也很少有人深思何为"自我"这类问题。大部分年轻人也许是安于自己的小聪明,无所事事地打发着时光。可毕竟这里是我的故乡,我依然是喜欢它的。

这里有很多东西令我兴奋不已。我的素描里不知可有可取之处?让你看如此平庸之作,我羞愧难当。

我想蘸上厚实的颜料,把山涂得拔地而起、直耸天际。但我的素描没能将我的感受表达出来,这让我很苦恼。我画的山跟我实际感受到的山相比,似乎过于平面化了。树木也总觉得好像缺乏真实感。

我思量着也许上了色会好看些,但因为没有时间,也没有钱,只好以此聊慰。

我的脑海里充满了各种各样的构思,却无力将其画出。如此打扰繁忙的你,我十分过意不去。万望拨冗赐教。

十月末

这封潦草记下你原原本本所思所想的信有多打动我,你或许难以想象。身为一名文学者,我有一项超常的能力——

可以异常敏锐地凭直觉察觉出他人所写文字中的真实与虚伪。我读着你的来信,眼眶湿润了。鱼腥味的油纸、出色的艺术品——素描簿以及你的文字,三者之间衔接得天衣无缝。你创造的"感知力"一词意境高妙,我的内心受到了深深震撼。"我想蘸上厚实的颜料,把山涂得拔地而起、直耸天际"……山拔地而起、直耸天际……这些贴近大自然的绝佳词句,蕴含巨大的能量,绝非寡义凉薄之人能拥有的。

"在无人留意的地球一隅,一个高尚的灵魂将要破胎而出,正在苦苦抗争着。"

我是这样认为的。如此一来,顿觉地球这个物体更加美丽迷人,我不禁热泪盈眶。

原本那一阵,我打算要去一趟北海道的,由于琐事缠身,踌躇之间天就转凉了,思量着不如干脆作罢之际,看到了你的画簿和信,想要见你一面,便立刻着手开始准备行囊。十一月五日,距离我看到你的信还不到一周,我已经坐上从上野车站开往青森县的直达列车了。

我在办完了札幌的事去往农场前,先向岩内的你去了一封信。信中我说,岩内离农场并不十分远,能来的话想请你来一趟,因为我无论如何都是很想拜会你一下的。

我到达农场的那天没有看到你。次日早上开始下起了雪。我将书桌搬到窗边,一边对着稿纸长吁短叹,一边祈盼着你的到来。在我文思不畅停笔休息时,迄今赘述的往昔、当下的期待等一幕幕浮现在我脑海中。

三

暮色渐浓。农场办公室的看守人为我送来了煤油灯,顺便问我是否要把晚饭端来。我抱着你兴许会来的念头,特意吩咐再等等,接着便埋头写作了。我的余光察觉到高大的看守人慢慢走出了房间。在城里住久了,原本看上去宽宽大大、悠闲散漫的农场里的人和物,此时竟使我产生了一种压迫感。

在我思绪停滞、提笔无言期间,夜幕已逐渐取代了夕阳。玻璃窗外,白的雪与黑的夜明暗交错,模糊一片。大自然如同发了怒,连同黑夜一起变得粗暴起来。蓄上力的钝重空气无声又沉闷地挤压着屋外的墙壁,即使我坐在屋内的榻榻米上,似乎也能感觉得到那股力量。大自然掀起细雪甩向四面八方,它们打着滚儿,呻吟着,呼号着,可怖的势头已经迫在眼前。我起身拉上了白色的棉布窗帘。沉浸在思绪中的我茫然地举目望着这方领地,人类为了抵挡大自然的侵袭煞费苦心建造的屋室,竟然如此狭小,如此脆弱,不堪一击。

突然,传来咚、咚、咚的声音,天地间万物仿佛发生了运转(此情此景下,音与动已浑然一体了)。啊,开始了! 我不由得挺直了弓成两截的脊背。此时,老天像是用上齿紧咬住下唇狠狠地吐出一长口气那般,将房屋吹得摇摆颤晃。从地表跃起的雪,像是要谋天反地,几次三番地直冲天际,之后又悲壮地跌落而下。此番惨烈的光景清晰地浮现在瑟缩在屋内忐忑不安的我的脑海里。没戏了。我等了又等,你应该不会来了。因为从车站过来的路肯定早就被大雪掩没了。被暴风雪推入深渊的我落寞地这么想着,又将视线落到了书桌上。

我越发写不出什么了。尽管时有轻微的"阵痛",但关键字句就是"生不出来"。就这样,我在惭愧、焦虑中度过了大约半个钟头后,农场的那个看守人又慢吞吞地走进屋来,通知我有客到访。你能想象我是多么高兴吧,你终于还是来了!我立刻起身,一路小跑到了办公室。拉开办公室的隔扇纸门,来到砌着三平方米左右大地炉的厨房,只见那里伫立着一个男人,鞋都未脱,还没进屋。这个男人高大魁梧、壮硕彪悍。相形之下,农场的看守人以及体形与他十分登对的大块头胖媳妇,看起来都稀松平常了。来人当真是一个名副其实的巨人。他身穿连兜帽的黑色外套,浑身上下都是雪,嘴里哈着一团团白气。直教人产生一种非尘世凡人的错觉。就连看守人的孩子,也伏在母亲的膝头缩成一团,露出胆怯的目光,诧异地盯着他。

我见来人不是你,顿感期待落空,大失所望,一直焦虑不安的心绪也愈发强烈。

"啊……那,请您上这边坐。"

因是我的客人,看守人十分客气地一边这么说着,一边礼貌地把地炉旁的薄坐垫翻了个个儿,请男人坐下。

来访的男人微微点头示意,来到地炉前。屋顶很高面积很大的厨房中只点着一盏煤油灯,灯芯已经烧了半截。地炉里燃着枯树枝,蹿出忽明忽暗的小火苗。男人高大的身躯在微弱的光火交映下变成一块巨大的黑影。我默默地等他脱下湿漉漉的军用旧长靴,一边为他引路,一边在心底暗自祈祷:希望这次见面不是白费时间,也别闹出什么不愉快。

进屋坐定,我才开始认真观察男人的样貌。他笨拙的动作里带着拘谨,在末席坐下后,礼貌地向我颔首致意。

"好久不见。"

男人的声音低沉洪亮,在八张榻榻米大的会客间回响。

"请问你是?"

壮汉难为情地擦了擦被汗水浸湿的通红额头。

"我是木本。"

"啊?木本君?!"

这就是你吗?我颇感震惊,开始仔仔细细地端详起这个男人。那个因患过疴积伸不直脊背,看上去病恹恹的忧郁少年到哪儿去了?那个连松树枝干表皮上生发出的一根松针都不漏看,对大自然尽数加以珍爱、理解,仅凭素描画册就将敏锐感悟尽显的人到哪去了？你叠穿着两件纳缝的厚袄,沉稳地端坐着,看上去比我要高出十五厘米。双肩平宽,肌肉隆起,似公牛般粗壮的脖颈端端地嵌在正中央,稳稳地托着你微长的古铜色脸庞,看起来是那么的健康坚毅。发达的肌肉令你的表情冷峻严肃,但轮廓分明周正的眉目间自然流露出的包容一切、发自内心的微笑,让你那与脂肪无缘的硬邦邦的脸看上去又是那么的温和敦厚。

"多么完美无缺的年轻人啊!"我在心中慨叹道。你身上出色的男子气概竟让我在脑海中描绘出这样一幕场景:当一名男子向他人介绍自己的恋人时,会不由自主地用猜忌防备的目光时刻留意恋人的心。

"雪下得够厉害的吧。"

"也就那样吧……倒是我因为赶路热出了一身汗。不认识路正发愁时,可巧让我幸运地遇见一个看水车的师傅,才马上找了过来。那可真是个热心人。"

看来你的真诚总是能即刻触动他人的心。那位看水车的师傅,确实是这一带难得的老好人。你从腰间抽出汗巾,来回擦拭着冒着热气的汗涔涔的脸。

晚饭摆上了桌。"我坚持不住啰。"说罢,你一改严肃跪坐的姿势,放松下来,盘腿而坐。"我从来就没规规矩矩正坐过。"说着,我们像两个孩子一样开心地吃起来。你食量大得惊人,令我很开心。饭后还能连着豪饮三大碗茶的人,我生平也是头一次见到。

晚饭后,我们快活地促膝长谈,直到深夜。我至今都抱着同样愉快的心情来感怀这段往事。屋外,暴风雪正到处肆虐,屋内,你朝火炉盘腿而坐,手像是习惯性似的,不时地逆着方向拨弄被修剪成平寸的浓密毛发。你俊毅的长相完全符合对雄性的审美标准,让房间有了点"蓬荜生辉"的效果。此刻,你看上去像是一块坚固的"镇屋神石",在风雪中守护着小屋免遭侵袭。在炉温的作用下,从你身上蒸腾出一股浓烈的鱼腥味,散发得满屋都是。然而,它却只教我身临其境般地感受到粗犷的大海,而未引起我丝毫的不快。所谓"人的感觉",也真是种任性的东西。

不过,我说的相谈甚欢,并不意味着聊天内容诙谐有趣。一来,是你不得不频频笨拙地掩饰住自己的欲言又止,露出愁容。再者,是我真切地感受到了自己的处境之艰,以及生活中迷失的自我。我的心也不由自主地被阴郁俘获。

那晚,你讲与我听了这十年间你生活的大致情形。我想,在此有必要对其做个简略的梳理。

当年,你来札幌拜访我时,已被迫中断了东京游学之路。那是因为在北海道的西海岸,岩内曾一时凌驾于小樽,成了风光无两的繁华海港,但也没什么缘由就突然凋零衰败,你们一家人的生活也随之陷入贫苦。尽管家中父、兄、妹三人齐上阵，同心协力地拼命劳作，也没能扭转家计衰败、深陷泥潭的颓势。对所谓的"学问"不感兴趣且成绩一般的你，就这样怀着为艺术献身的一番热忱，迫于现实，不得不回到了家乡冷清陈旧的渔港。如今将这一切拼凑起来看，就很容易理解为何那时的你看上去总是神色忧郁、焦虑不安了。离开札幌时，你或许曾以为就算回到故乡，至少还能趁工休闲暇画画心中向往憧憬的风景吧。

可是，家中迎接你的，却是并不宽裕的生活。父亲已然年迈，以兄长的体质也不能完全胜任渔民的工作。当你看到欢迎你回家的父兄二人身穿与普通渔民毫无区别的工服编着渔网的时候，当你放眼望去，看到自家作为大渔场主的昔日风光已经荡然无存的时候，你无疑意识到自己之前的想法过于天真了。在未经深思熟虑的情况下，你纵身一跳，跌进了生活的旋涡，在心底某处对艺术的渴求令你不甘、懊悔。你向我坦言，当晚你躺在满是海腥味的房间，孤枕难眠，感觉自己就像一只身陷囹圄的困兽，暴躁不安，一夜没有合眼。是啊！我想，只要想象一下那晚你的心境，我便能创作出一篇震撼人心的小品文来。

然而，生性质朴、至孝至诚的你面对这样的生活并未选择逃离。你脱掉穿惯的总是敞着领口的校服，换上了厚重的作业服。明太鱼过后是鳕鱼,鳕鱼过后是鲱鱼,鲱鱼过后是墨鱼……四季轮转,繁忙的捕鱼作业令你一刻都不得歇。你不得不全年无休地同北海的汹涌巨浪斗,与严酷的天气斗,一头扎进了乏味孤寂的渔民生活中。港内筑起的堤坝虽然挡住了海浪,却因工程师荒唐的计算失误导致泥沙不断涌进,原本便于船只停泊的良湾眼看着变成了浅滩。本来,你们家的渔场位置醒目,正适合捕鱼,如今也成了废墟一般。走投无路下,你们只得花重金租用他人的渔场。加之产量被冠以"北海道第一"的鲱鱼数量也逐年递减,令你们一家人贫困的生活雪上加霜。即便两代人齐心合力,豁出性命地劳作,家中还是年年摆脱不了被贫穷追赶的窘境。

你心地善良,生来就拥有一个男人应有的担当,无法对此袖手旁观。为了亲人的生计,你拼尽全力,不再感到懊悔、羞愧。你奋勇直前,投身于繁重的体力劳动当中。整日与寒暑、海浪、脏活累活、粗犷不羁的渔夫打交道,锻铸出你如钢似铁的体格和胆魄。你茁壮地成长着,好像一棵参天大树般魁梧雄壮。

"在岩内,多的是渔夫,但要论腕力,可没一个是我的对手。"

说这话时,你就好像在讲一件再普通不过的事。眼前你的体形也让我相信你所言不虚。

你为了"面包"坠入谷底的十年——这不是一段短暂的时光。绝大多数人身处其中,恐怕都会丧失触底反弹的能力。放眼人世间,有几百万、几千万的人如此过活着,他们糟蹋了自己的天赋,让其徒劳地化作死后坟头的杂草。这实在是一件可悲的事!也是一件不合情理的事!然而,又有谁能对这不合理的世态掷去诘难的石子呢?悲哀的是,这份不合理还必须由你、我、每一个人的肩膀来承担。甚至还得由我们对那些不得已埋没天赋、投身于现实生活的人们献上近乎尊敬的同情,这就是悲凉的人生事实,是这个世道的真实写照。

你为了"面包"不得不拼尽全力的十年——这不是一段短暂的时光。然而,你还是一刻都不曾也没能丢弃深深根植于心底的理想。

虽然渔夫生活终日不得闲,但一年中偶有几日因风雨出不了海。你会将一本写生簿(你笨拙地用渔网线把那种小学生学画用的粗糙纸张订成的)和一支铅笔塞进到处粘满鱼鳞和肉片、硬邦邦的工作服里,一大清早就溜达着出门。

"人们见我这样,都说我疯了。但在静静凝望巍峨山峦的时间里,我就把什么都忘了。记得有人在某本杂志上写了篇叫作《爱是掠夺》的文章,上面好像说,人爱一件事物,就要强行夺取它。但是,当我眺望着山峰时,是怎么都不会产生这种想法的。我完全被山征服,只是痴痴地看着它。我很想试着描绘出这种感觉,于是便有了这些拙劣的画,我根本无力达成心愿。如果有哪幅画能表现出山的雄伟气势,就算只能瞧上一眼,我也心满意足了,但没有啊。我想等哪天天气不错,自己心情也好的时候,铆足劲儿再画一画,可每天有那么多活儿要干,即便有工夫画,大概也是力不能及。我还想给画上色,可当年我回岩内时将颜料全送给了画友,况且我这样的画应该也不值得重买颜料。观山山秀,看海海美,身边有如此多的壮丽景色,我却是心有余而力不足啊。"

我无法忘怀你的这席话,也无法忘怀你说话时的神情。当时,盘腿坐着的你用手狠狠地攥住双腿,尽量抑制满腔的激情,努力用平缓低沉的声音静静地诉说着。

我们对谈到深夜一点多才睡。屋外肆虐的风雪整夜未见丝毫减弱。这一夜,你我不约而同地失眠了。我思索着关于你的事。即便被生活无情地蹂躏,你也没有失去,也绝不会失去大自然赋予你的那颗至美至善之心。在你如力士般健硕的身体里,住着少女般敏感的灵魂,对于我而言,再没有比发现它更美好的事了。我甚至觉得,你凭一己之力使"人之生活"变得明亮起来。由此我又想到自己的工作。无论怎么挣扎也寻觅不到"真我",要么从负隅顽抗和敌对情绪中寻求一时的满足,要么通过曲解生活获得乐趣——这种心灵的贫瘠使我懊悔不已。那一夜,你浑然天成的飞跃成长,以及你对待这种成长的无意识的谦逊和执着,令我心潮澎湃、感慨万千。

次日清晨,你说不能再待了,准备顶着风雪回家。连农场里的人都劝你看看天色再说,拦着不让你动身。你也不听劝,光脚套上冻得咔嚓作响的军用长靴,裹紧黑色外套,站在了房门口。北国的冬天,生活中是格外渴望有客人暖场的。农场的人们大概也是生出了惜别之情,纷纷过来亲切地叮嘱你,又是让你把头巾围好,又是让你把身上衣服裹得十二分严实再出门。但是,纯朴的你出于礼貌,连帽子也没戴,郑重地向大家致意道别后,拉开玻璃门走了出去。

我轻轻推开玻璃窗,震落了窗上积雪,透过窗户目送你顶着风蹚着白茫茫的积雪远去。你的黑色身影——还是没系头巾,整个脑袋完全暴露在外,任由风雪吹打——腰身以下已埋进了白色的地面,在时而浓时而淡、交织变幻的雪海中,形单影只,渐行渐远,最终变得模糊不清,消失不见了。

而你离去后的办公室,又跌回到你来之前的那种单调冷清中,被厚厚的积雪围困住了。

三四天后,我离开那里,回到了东京。

四

有一年的三月,你经历了一场磨难。当时渔船正在与巨浪搏斗,船上的人小心作业,就在即将收网的时刻,领航主船发出了迅速撤离的信号。船长面对以秒为单位持续增强的暴风,不得已命人割绳弃网。

"又把钱扔进海里打水漂咯……"

你的父亲灰心地叹着气,嘴里小声嘟哝着吩咐你割断了网绳。

海上只有狂风、暴雪和恶浪。狂风肆虐,横扫海面,一会儿像是要将大海整个拽走,一会儿又猛地将海水高高掀起,在空中形成三角状的巨浪。这些巨浪相互纠缠、扭打、翻滚、碰撞,顷刻变成一座座泛着白沫的大山。山尖的浪头瞬间被风撕碎,轰然四散。密密匝匝的雪迎面扑来,让人连眼都睁不开。雪花一会儿追逐着波浪,一会儿又反被波浪追赶,宛如挑衅怒风的小恶魔,面目可憎地左飞右跳、上下乱舞。被吹落的雪的残片,汇聚成一个巨大的雾团,贴着海面与浪头擦肩而过,速度比飞出的箭还快。

雪、水和甲板上的污垢令甲板变得比抹了糨糊还湿滑,你用膝头蹭着甲板匍匐着朝船头慢慢靠近,左手紧握住缆绳上的铁环稳住身体,右手举着指南针,向船尾的人大声传达船的前进方向。两名渔夫把两支长篙从用来挡风的船舷边伸出,扎紧固定,希望多少能降低点翻船的危险。你的兄长抓紧帆缆,掌舵处父亲的手势,全神贯注地上下升降着船帆,不敢出半分差池,其间还不断地快速将船中积水舀出船外。五人之间拼命呼喊的声音破了音,虽然一半都被风打散,却强有力地回荡在各自的耳边。

"右舵!"

"向右的话……"

"右!……是向右!"

"勒紧帆缆!"

"看不见友船吗?看见了就跟上去啊!"

一直彷徨迷茫的疾风终于瞅准了方向,刚才还漫无边际翻滚着的三角状波涛,渐渐变成了连绵的丘陵状。横向扫荡的暴风雪中,漫过头顶的巨浪不断地从身后以超乎想象的速度推涌上前。

"来啦——!"

紧张到极点的五人此时愈发感到惊慌。原本剧烈摇摆的船仿佛倏地从后方被吸住似的,停了下来,船尾被巨浪高高掀起,令人不禁毛骨悚然。舱内的东西哐啷哐啷地发出巨响向前栽去,人也失去重心不得不抓些物件稳住自己。就在这一瞬,船身猛地晃了一晃,在片刻的绝对静止后,突然以惊人之势从浪脊滑坠到无底深渊。同时,巨浪似屏风倾倒般仰面狠砸下来,发出震耳的咆哮声。沸水般翻滚的海水肆意揉搓着船身,落下散开的海浪旋即又汇聚成强势的"丘陵",高高地遮蔽了半空,眨眼间似噩梦一般远去。

众人还没来得及松一口气,背后又有水墙浪山袭来。这时——

"危险!"

"断了!"

你同时听到了两声尖厉的喊声,便瞬即如野兽般敏捷地摆开架势,转向身后。只见从根部断开的桅杆正横着往下倾倒,船帆也宛如突然丢了性命似的垂直跌落。露出目瞪口呆地立在船帆后的你的哥哥。

你迅速一闪,躲开了迎头砸下的桅杆。大家叫嚷着要把船桨操稳,但根本无法扼制船身剧烈的摇晃。只要能操控船帆就绝不担心船会翻的几人,失去了船帆后也彻底束手无策了。船只失去动力不再前行,船舵也已失灵,整条船只能任凭汹涌的海浪肆意凌虐。

第一次大浪、第二次大浪、第三次大浪,老天保佑,渔船没有被颠覆。然而,当船上的人们看到第四波特大号巨浪时,只剩下绝望了。

因暴雪变得模糊不清的巨浪像一座庞大、乌黑的水山,顶部白色的浪头就像燃烧的火焰忽地闪着亮光蹿升一下,忽地一下又熄灭了,周而复始,每分每秒都在向上攀升。就连呼啸的狂风都对其望而却步,使船的四周陷入一片阴森的寂静。望着此番景象,不由得令人联想到巨浪背后推波助澜的风有多么激烈、狂暴。船尾对着浪的方向本身就很不利,浪头来到完全失去控制任意漂浮的渔船前时,又像饿虎扑食前猛地伸展一下腰身一样,将浪脊伸得板直。说时迟那时快,浪头对准暴风准备发起攻击,不想却瞬间被吹得七零八落、溃不成军。

一眨眼的工夫,你们已被抛入雪白的海水泡沫中,身体几乎要被撕裂开了。大伙儿挣扎着试图牢牢搂紧已颠覆的船身。你放眼望去,看到湿成落汤鸡的哥哥,他想抓住没有把手的滑溜溜的船舷,却屡试屡败。你大声喊了一句,哥哥貌似也大声喊了一句,可你们只能看到彼此大张的嘴,什么都没听见。

一些较小的浪从身后不断涌来,将船来回地推上又按下。每一轮浪袭来,你们都会被冲离船身,不得不漂在水中。你身上的棉衣湿透了,沉得像铁块。虽然如此,你的大脑却和拼命划水的手脚一样忙碌,全力思考着该如何从迫在眉睫的死亡边缘逃出生天。尽管心头战战兢兢,但心底却出奇地镇定。连你自己也对此感到震惊。天空、海洋、渔船、你的方案,没有一个不是浮沉未决、飘摇不定的,置身其中,唯有你的心底淡定得可怕。"不会死的"——这种自以为是的想法反教你有些不寒而栗。这是出于"不愿死""想活着""但凡有一丝希望就必须求生""不会死"的本能得出的逻辑性结论;是你只关注眼下还活着这个不可思议的、缺乏真实性的事实以及上述结论而换来的心底的镇定自若。

你被这股强大到可怖的情绪驱使着,想拼尽全力把扣在水面上彻底颠覆的船翻过来。其余四人似乎也与你心有灵犀,排除艰难险阻,纷纷朝你所在的船舷方向汇合,大家不约而同地一齐发力往船底上爬,船开始向一边倾斜。

"就靠这一下了!"

你的父亲扯着嗓子嘶喊道。众人又一同使出全身的力气。

恰好,好巧不巧,完全是天意——这时,一个大浪朝船的一侧袭来,加上集中在一边的人的重量,船一下就翻了过来。虽然水漫过了船舷,但船总归是重见天日了。就在船正过来的一刹那,五人又同时一头扎进冰冷刺骨的海水中,想借着水流的势头重返上船,但湿透的衣服又厚又重地缠裹在身上,人人都有时刻被海浪吞噬的危险。此时,要是人都聚在一侧用力,铁定又会把船弄翻。处在生死关头的人,本能反应出奇地敏捷,五人中的两人迅速游到了船的另一侧,大家终于面对面同时发力将半个身子搭上了船舷。虽然腿脚还被海水使劲往船底拽,但人们的上半身从水中脱险后,脸上浮现出的那种紧张神情却难以言喻,令你无法忘怀。下一个瞬间,众人爆发出"哇"的一声呐喊——那不知是男人的号泣,还是忘我狂笑的表情,令你无法忘怀。

所有这些豁出性命的努力,都是在风雪交加、涛鸣浪吼、贴着海面的云飞雾走等大自然的愤怒中进行的。在狂怒的大自然面前,人类不及一粒尘埃。所谓的"人类"毫无存在感可言,全然被无视。尽管如此,你们仍顽强地向大自然彰显了自己的存在!风、雪、浪压根儿就没把你们当回事,你们却偏要倔强地迫使它们思考你们的存在!

浪头万马奔腾般一波又一波地越过船舷。半截腰身还泡在水中的你们,捡起船里能用的残留物件,不拘是什么,竭尽所能地使其发挥作用,试图从笼罩下来的死亡中开辟出一条生路。有人拾到了船桨、有人拿起了船板、有人找到了长柄水瓢、有人手握扫帚的长把,大家把这些千金不换的武器紧紧攥在手里,从船舷探出身子,像孩子戏水那样,又是划船,又是清理积水。

暴风雪丝毫没有消退的迹象,依旧肆虐在无垠的海面上。目之所及,除了浪头还是浪头。平时跟猎犬一样能灵敏地嗅出方位的渔夫们,这下也晕头转向,无计可施了。东南西北像被搅散在了钵中,混沌一片。

天色微暗。不知是从天之外还是地尽头迸发出声声怒吼。除此之外,别无他物。

"不会死的"——即便身陷如此险境,你也莫名地淡定,脑海中一直略带敬畏地这样想着。

你身旁有一名年轻的渔夫,几道鲜红的血痕正顺着他的鬓角往下流,这一幕清晰地映入了你的眼帘。"不会死的"——每一次望向他,你都更深切地做此感想。

也不知这样的殊死拼搏究竟持续了几分钟还是几小时,在这个完全丧失时间概念的世界里无从得知。但是,疲劳的感觉开始向一直心无旁骛的你袭来,在你意识到这样会出问题的时候,突然,一名渔夫高呼了一声什么。尽管之前五个人一直都在互相喊话,但只有这一声大喊格外神奇地回响在众人耳畔。

其余四人都不约而同地转向那名渔夫,顺着他的视线望去。

船!……船!

在茫茫风雪交织的帷幔远处,依稀可见的,是一艘船!它乘浪而驰,约呈四十五度,船头朝下,满帆高悬,跑得比飞箭还快。

看到船,你的心忽地提到了嗓子眼儿,甚至忍不住想要啜泣。你们本应抛开一切地看紧那艘船,向它靠近求救才对,可其他人和你一样,仿佛在确认瞧见的到底是什么似的,一同注视着那个瞪大双眼发出怪叫的渔夫盯着的方向。竟无一人付诸行动。惊诧不已的你心中唯有焦急与感伤愈发强烈,本该忙活起来的手反倒变得疲软无力了。

白帆满张的那艘船依旧船头朝下倾斜,疾如箭矢般行驶着。隔着漫天的飞雪,看不清船上载了几人,就连高高浮在水面的木色船身,看上去也像是白垩那样的煞白。更令人费解的是,无论是乘浪而上,还是逐浪而下,船头始终都朝下,并没有根据风势的强弱升降船帆的迹象。视线里的那艘船,永远保持着一个姿势飞速行驶着。

你猛地回过神,才发现那艘船竟不知何时离开了水面。它正在离浪头足有三十余米高的空中斜着身子飞速游弋。你惊得大脑"嗡"的一声,身体也僵住了。与此同时,船渐渐地变大、变模糊,不知不觉中没了影踪,只剩白色的船帆飞快地移动。接着,就连那张大白帆也在飞降的大雪中淡了颜色,最后完全消失了。

怒涛。白沫。纷纷扬扬的大雪。眼前掠过的云雾。大自然的嘶吼……浩瀚天地间孤零零一叶小舟,无依无靠、饱受摧残……一切照旧。

游走在生死一线间,过度的疲劳和紧张令你产生了幻觉。当你意识到这一点时,突然感到不寒而栗,浑身的气力也一下子被抽空了似的。

方才发出怪叫的那个年轻渔夫像睡着了似的跟跟跄跄地晃了几步,浑身散了架似的直挺挺栽倒在船上,昏厥过去。

渔夫们你看着我,我看着你,仿佛中了邪,眼中流露出极度的不安。

"不会死的。"

吊诡的是,哪怕是目睹了渔夫的晕厥,哪怕是看到了众人不安的样子,你依旧这样想着,惶恐却未泄气。

也不知过了多久,你们才真正遇到了一艘友船。命运看上去并非对你们漠不关心。渔夫们瞬间仿佛长了百倍的力气,拼命想将你们的船靠近友船。大家将一半已经结了冰的、不起什么作用的船帆拉起,驾着船乘风破浪。那时,众人心头涌起一股难以名状的幸福、感恩之情,怎么压都压不住。

等靠了岸,大家会好好救治你的,就暂且先忍耐一下吧——你一边在心中致歉,一边将昏倒的年轻渔夫拖到了舱内的一角。然后就立刻干起活儿来。

终于,前方浪峰上依稀闪现出了雷电岭的岬角。它的山脚踩进大海,山顶冲入云霄,山腰正被飞雪环绕。你们眼前头一次出现了岿然不动的事物!渔夫们的喜悦之情——恰似鱼儿得水、猛兽归山、日出西方一般……船上的人们不由得全体起立、翘首企足,心也跟着雀跃起来。

"看到垭口了!……把舵向北打!……别撞上暗礁!……注意避开雪崩!……"

尽管你们大喊着相互提醒,不知不觉间船还是被冲到了远离雷电岭约二十公里的地方。漫天飞雪中,渔船被风浪推揉着,眼看着越来越靠近一座直耸暗黑天际的断崖。渔夫们见势不妙,重新张起帆、撑住桨,在两侧海浪的夹击之下把船往北划。

靠近陆地的波涛愈发怒不可遏,犹如一匹野马的鬃毛在风中狂野地飞扬。浪峰转为浪穗、浪穗变成飞沫、飞沫化作水屑、水屑结出雾气、雾气又再度汇聚成白浪,一刻不停地袭向山麓。大浪撞击着山麓的石壁,就像把煮开的沸水猛泼上去,蒸汽般的白沫腾空升起五六丈高,接着又落进海里,摔得粉身碎骨。

许是感受到了这猛烈的力量,断崖突角处的积雪渐渐地沿坡向下滑,脱离了地面,在发出骇人巨响的同时,从几百丈的高处一口气倾落而下。雪刚跌落山巅时,不过是一把银色粉末,但眼看它越滚越大,顷刻间就形成了一颗雪陨石,拖着长长的白尾,无声地跌落下来,迅猛地铺展开去。"啊!"伴随着众人的惊叫,只见它又已经化作几十米高的水晶巨帘。"咚、咚、咚咚……嗵……哗——!"眼前广阔的海面变成了雪白的平原,排山倒海的巨浪瞬间被击退,连一丝涟漪也不曾泛起。接着,狂风瞄准了这里,突然从四面八方刮来……就是这般的可怖!

你们的船似被恶鬼缠身,大家惊怯着拼命把船舵往东北转。好不容易才摆脱了来自陆地磁铁般的引力,重获自由,下一秒又要开始和癫狂的波风浪山战斗了。

可是,当岩内港开始隐约在浪间浮现时,渔夫们像是忽然生出了三头六臂,力大无比,船也像载了二倍的人力似的速度飞快。岸上升空的紫色信号在漆黑的空中啪地爆开,迸发出烟花,在夜空绽裂,又很快逝去。渔夫们见状抄起仅有的船桨,一声不吭地奋力往前划。这种奇妙的沉默,反倒比相互间凄厉的呼喊声更有力地激荡在人们的心头。

渔船继续破浪而行,已能望见聚集在岸边吵嚷的群众了。不久,风浪间传来一声类似大炮的轰鸣,同时,一条救生绳被抛上了天,似蛇一样扭动着身躯,"扑通"一声掉进了离船二三十米远的水中。渔夫们使劲朝那个方向划去。伴着第二次巨响,绳子不偏不倚地落在了船上。

两三名渔夫跌跌撞撞地奔向绳子。

每隔一会儿,信号的烟花便像鬼火般啪的一闪,随即无声无息地散落在遥远的夜空。

在绳索的牵引下,渔船快速地向陆地靠近。水位渐浅,紧紧绑在一起的两艘船半泡在狂乱汹涌的波涛中,奄奄一息地向前行进。

这时,你才如梦初醒般回头望向你年迈的父亲。只见他的膝盖以下全浸在水中,就那么坐在舵位,正目不转睛地注视着你。父亲从头到尾都是这样盯着你和哥哥的——一想到这儿,你被一股难以名状的骨肉之情牢牢地俘获了,不禁热泪盈眶。父亲看到了你的泪光。

"你得救了!"
"你小子得救了!"
你们交换着饱含亲情的目光,不约而同地向对方喊道,且久久不愿移开彼此互诉着喜悦的眼神,就这样对视了一会儿。

你得到了充分的慰藉后,又开始了工作。近在眼前的岩内镇,纵使脏乱、贫穷,但对你而言,这倍感亲切的小镇,此刻正宛如新生般存在着。你清楚地看到,身穿水灾救济会制服的人们正在岸上来来回回地奔忙。

你感受到一种无法言喻的力量,它勇猛、鲜活,像涨潮一样从丹田源源不断地喷薄而出。"来吧!"——你简直就要登高一呼,船桨也几乎被你攥得变形。你吆喝着摇起船桨,眼泪不住地顺着两颊滚落。

一直默不作声哑了似的渔夫们口中,也一下子爆发出雄壮嘹亮的吆喝声,与你呼应唱和。船桨像梭子似的从海浪中间穿过,上下翻飞,激烈地拨弄着水面。

岸上人群的呼喊声传入耳中的一刹那,一种朦朦胧胧的感觉向你袭来,似乎要把你慢慢拖进梦中。

你再一次向父亲望去,他依旧坐在舵位上,却不再像之前那样,给你任何的压迫感了。

终于,船底传来了沙砾"刺啦刺啦"摩擦船底的声响。船被毫无阻碍地拖上了生你养你的土地。

"我们没死!"

你这么想道。眼前慢慢陷入一片漆黑……此后的事,你就浑然不知了。

五

木本君啊!

你的内心世界我无从再忖度、臆测。不仅不可能,还会在玷污你的同时,也折辱我自己。结合与你的谈话和书信,我确信迄今为止的想象并无谬误。然而,我决定要避开更深一层的想象。你也终是不堪忍受精神层面的激烈纠葛,才在去年十月给我寄来了那些写生簿和袒露心声的信。

木本君啊!……可是,我又能为你做些什么呢?与你相见时,我是多么希望你这样的——全然不沾城市的恶习、不被过于敏感的神经与过量的"人造知识"侵扰,能凭强大的毅力、坚韧的情感、天纵的睿智一眼洞穿大自然的大地之子——能成为一名艺术的忠诚信奉者啊!然而,我硬生生地把就要脱口而出的话咽了回去,没有劝你舍弃一切去当一名艺术家。

劝说你的,只有你自己。你不得不独自一人承受苦闷——尽管这重生前的苦难异常惨烈,但你的苦难,只能靠你自己疗愈。

在地球北端,人的生活屈从于大自然的淫威,就像散落在贫瘠土地上的杂草种子,唯唯诺诺地冒头发芽。在这与人类的活动中心恍如隔世、无人问津的地球北端的一角,此刻,正有一个杰出的灵魂在承受着煎熬。假如我不向世人公开这篇短小的记录,这杰出灵魂的苦恼也就无人知晓了吧。想到这些,仿佛世间万象都被包裹在恐怖的神秘当中。地球的每个角落里都藏匿着一个可怕的"因",它能招致的"果"却无法预知。人类对此必须心怀敬畏。

你到底是作为渔民度过一生好,还是当艺术家燃烧终身好,我并不知道。轻下断言实在是太可怕了。必须要由神明直接向你指明道路。而我只能祈祷着这一刻尽早降临。

同时,我也虔诚地祈祷,愿上天能为这个地球角角落落里和你感到同样疑惑、苦恼的人们开启一条最光明的路。在得知你的境遇后,我这份真诚祈祷的心情一日强过一日。

地球是有鲜活的生命的!它活着,呼吸着!这地球孕育的苦恼,以及隐藏在这地球心中即将诞生的万物的苦恼——通过你,我才得以真切深刻地体会。它有一股喷涌而出、一跃向上的强大力量,使我热泪盈眶。

木本君啊!现在的东京寒冬已过,春梅开了,山茶花也开了。大地敞开了宽广的胸膛,尽情地吸收着太阳发出的慈爱光芒。春天来了!

木本君啊,春天来了!冬天之后,春天来了!希望在你的世界里,春天也能真实地、正直地、有力地、永久地微笑……我由衷地为你祈愿。

我的帽子的故事

"我的这顶帽子是爸爸从东京给我买的。两百八十块钱,还挺贵的呢,样式帅气,毛呢料子,品质上乘。爸爸叮嘱我一定爱护好它,我也很喜欢这顶帽子,将它视作珍宝,就连睡觉的时候也拿在手里。"

我在作文课上写了这样的作文,老师把它读给大家听。"就连睡觉的时候也拿在手里"这句话老师反复读了两遍,读完哈哈大笑。大家看到老师笑得前仰后合,纷纷开始笑,把我搞得不好意思,也尴尬地跟着笑了起来。于是,大家便笑得更欢了。

然而,那顶我所珍爱的帽子却不见了,我非常难过,不知该怎么办了。我明明记得很清楚,我像往常一样对它说"明天见哦!"然后把书包放在枕边,手里抓着闪闪发光的帽檐入睡。可是现在我却怎么也找不到它了。

当我一觉醒来时,书包还在枕边,帽子却不见了踪迹。我吓了一跳,爬起来半坐在被窝里,四处张望,爸爸妈妈依然在我旁边熟睡着,好像什么都不知道。我犹豫要不要叫醒妈妈,可转念一想,要是妈妈毫不费力就找到了,被她说:"你睡糊涂了吧?帽子不是在这儿嘛!"那确实有些丢人。于是我决定不叫她。我将袖子卷起来,把枕头附近翻了个遍,还是没有。起初我并不太担心,以为只要仔细找,就一定能找到。但不管我怎么找,它就是不出来。我开始焦虑起来,喉咙直冒火。我把脚头的被子褥子都翻起来看了,还是没有。我想,我找的是拿在手里的帽子,那么帽子会不会就在我手上呢?我把双手放在眼前,把手掌、手背、手指间通通仔细看了一遍,还是没有。我的心开始扑通扑通狂跳起来。

爸爸昨天给我买的字典是最重要的东西,第二重要的就是那顶帽子。一想到这儿,我伤心起来,泪水充满了眼眶。我喝住眼泪:"不可以哭出来!"悄悄溜下床,跑到书架那里上上下下一通翻,但连帽子的影儿都没找着。我实在没办法了。

就在这时,我突然想到:"前天晚上我确实是抱着帽子睡觉的,也许昨天晚上忘记那么做了。"如此想来,我觉得好像是抱着它睡的,又好像没抱着它睡。"一定是我忘记了!一定是我把它放在门口忘拿进来了!对,就是这样!"我兴奋得跳了起来。

　　此刻,我那顶帽檐闪闪发光的帽子一定是一副"不关我事"的表情,静静地挂在门口的衣帽架上呢。我不觉有些兴奋,一把用力推开卧室的门。这动静把爸爸妈妈吵醒可就麻烦了,我担心地回头看了看,发现就连一有风吹草动就会惊醒的妈妈此刻依然睡得非常香甜。于是我蹑手蹑脚地轻轻关上门,往门口走去。往常那里的灯都是关着的,可唯独今晚却如白昼般明亮。

　　什么都看得一清二楚。一想到衣帽架上我的帽子一定傲慢地待在我爸爸帽子的旁边,不知为何我竟有些担心。因此,在我走到那里之前,尽量不抬头看。直到站在帽架跟前了,我才猛地抬头,却发现只有爸爸那顶茶色帽子一脸漠然地挂在衣帽架上。本以为我的帽子一定就在这里,没想到还是没有,我慌乱起来,四处翻看。

　　随即,我发现一个黑色的东西卡在了玄关的格子门上。借着灯光,我惊奇地发现那团东西好像就是我的帽子!我立刻趿拉着拖鞋,不顾一切地冲了过去。正当我要打开格子门把那顶皱巴巴的帽子捡起来时,不可思议的事情发生了:格子门居然一声不响地自动打开,帽子也突然朝着门外马路的方向滚了出去。往常这道格子门外面还有一道挡雨门,关得紧紧的,可唯独今晚门大敞着。但我根本来不及想那些。我想,

"一定要赶在帽子没有消失前!"于是,我也慌慌张张地从格子门的门缝间冲了出去。

我的帽子就像那被扔出去的飞盘一样,飞出四五米远。真是不可思议,明明一点风都没有,帽子居然能飞起来。我拼命地往前跑,"太好啦!可算追到了!"好不容易长舒一口气,准备弯腰把它捡起来的那一瞬间,它又灵活地从我手里溜走,滚出四五米远。我又火速起身追着它跑。就这样,每当我快要抓住帽子的时候,它就会再往前滚出四五米远,次次完美从我的手掌逃脱。

我一路追它来到学校十字路口卖文具的阿姨店前。帽子这家伙突然停了下来,横向陀螺般转了三四圈,然后借势轻轻一跃,落地后便以迅雷不及掩耳之势朝着学校的方向飞奔而去。眼看着帽子跑过了牙医的家,跳上那家小伙计总爱捉弄我们的酒馆门前的储水桶,在桶上又飞舞旋转了几圈,从桶的另一侧滑落后,仿佛有风助力似的飞快掠过斜对面三户联排房屋的格子窗。随后,它再次回到空荡无人的大街上,洋洋得意地奔跑着。我紧跟帽子的步伐,它往左我就往左,它往右我便跟着往右,对它穷追不舍。

夜已深了,周围黑得让我感到有些害怕,但我却可以清楚地看见我的帽子,就连徽章都能看得一清二楚。可是,我却始终追不上我的帽子。一开始还觉得有趣,接着便开始有些懊恼,愤怒,到最后甚至觉得自己好可怜,差点就要哭出来了。不过,我一直忍耐着。

"喂!你等等我呀!"

我出声叫道。虽然心里想帽子怎么可能听懂人话,不过我还是没忍住叫出声了。你猜,怎么着?帽子那时已经来到学校正门了,突然来了个急刹车,回头看向我说:"喂!你要是能追上我,就来啊!"

千真万确,真的是帽子在说话!"可恶!"我不服输的劲头被激起,猛地扑向帽子,结果我居然和帽子一起毫无感觉地穿过了学校的铁门!

一转眼,我发现自己已经在梅班的教室里了。我明明是松班的学生,怎么会出现在梅班的教室呢?我也搞不懂。此时饭本老师正拿起一钱铜币让大家看:

"大家知道要吞几枚才能治好肚子痛?"

老师这样问道。

话音刚落,捣蛋鬼栗原就答道:"吞一枚就能治好!"

老师摇了摇头。

"两枚!"乖巧的伊藤举手回答。

"没错,就是两枚。"

伊藤果然很厉害,佩服!

哎呀,我的帽子呢?刚才我的注意力都被老师手里的铜币吸引了,等我回过神来,才开始到处找我的帽子。我到底在哪儿把它跟丢了啊?帽子也不在这附近啊!

我急急忙忙冲出教室,来到一片广阔的原野。放眼望去,这片原野上长的净是矮草。我的帽子就像一轮乌黑的月亮高高地悬挂在阴沉沉的天空,高得我怎么也够不到,就算是坐飞机,也到不了那里。我气得连声音也发不出了,恨恨地盯着我的帽子,在原地直跺脚。可无论我如何跺脚,如何对着它干瞪眼,它都摆出一副无所谓的态度,对我不理不睬。不仅如此,这帽子还露出一副恶作剧的表情,无论我说什么它都不予理睬。要是我告诉爸爸,帽子不仅逃跑了,还飞上天变成了乌黑的月亮,大概爸爸根本不会相信吧。而且,从明天开始,我就不能戴着帽子上学了。怎么能这样呢?!这也太荒唐了吧!我如此喜欢那顶帽子,可它为什么一定要让我这么烦恼呢?我越发觉得不甘心,不争气的眼泪也吧嗒吧嗒地掉了下来。

原野越来越暗。我环顾四周,一个人影都没有,更别说人家的灯光了,我甚至连回家的路都找不到了。之前我从未想过这些。会不会是狸猫变成帽子在捉弄我呢?(译者注:日本民间传说,幻术变身是狸猫的看家本领,能变成各种各样的东西。)我一直以为"狸猫能变身"是骗人的,但此刻的我居然不得不开始相信这是真的了。东京卖帽子的那家店铺是狸猫的"老巢",他们骗了爸爸!狸猫为了把我带来这山里,就要先从爸爸下手！这么说来,原来那顶帽子刻意迎合了我的心意,我才那么喜欢的。我越想越觉恐怖,偷偷抬头看了眼那顶帽子,果然那黑月亮般的帽子也果真像是一只小小的圆滚滚的狸猫了。可即便如此,它还是我最爱的帽子。

这时,远方传来呼唤我名字的声音,声音中还带着哭腔。是不是狸猫的头头来了,我吓得蜷缩成一团。

突然,爸爸和妈妈穿着睡衣出现在我面前,他们哭红了双眼,一边大声呼唤着我的名字,一边在四处寻找。看到他们,我又开心又难过,恨不得立刻扑上去抱住他们。然而,我突然意识到爸爸妈妈可能也是狸猫的化身,不由得有些害怕。我没有动,静静地观察着他们。

爸爸妈妈明明就在我旁边却好像完全没有注意到我。妈妈一边喊我的名字,一边拼命地在衣柜的抽屉里翻找着;爸爸则一边擦着因眼泪糊掉的眼镜,一边从书架一端开始一本书一本书地拿下来找。没错,我家的书架和衣柜也在这里。可是爸爸妈妈在这些地方找我,再怎么找也不可能找到呀。转念一想就算他们暂时找不到我,也没事。于是我默不作声,在一旁安静看着他们。

爸爸终于开口说话了:"怎么会不在书里呢,这不应该啊!"

"不会在书里的,一定是藏在衣柜的抽屉里不知不觉睡着了。但月光这么暗,根本就找不到啊!"

妈妈着急地边哭边回答。

这就是我的爸爸妈妈!一定是的!世界上不会再有其他人这么为我着想了!突然间,我充满了勇气,脸上也露出了微笑。我打算"哇"地叫一声,吓他们一跳,于是猛地大喊一声,冲着他们跑了过去。然而,惊奇的事情又发生了。我的身体就像穿过学校的铁门时一样,现在又毫无感觉地像空气一样穿过了爸爸妈妈的身体。

我惊呆了,回头看向爸爸妈妈,他们好像完全不知道发生了什么,继续低头在书架和衣柜里翻找着。我尝试着再一次朝他们走去,伸手去拉他们,这才发现,不只是眼前的爸爸妈妈,书架、衣柜,都如同空气般根本触摸不到。我不清楚爸爸妈妈究竟知不知道这些,只见他们二人依然和之前一样哭喊着我的名字,在拼命地找我。我也开始呼喊,越喊声音越大。

"爸爸妈妈,我在这儿啊!爸爸!妈妈!"

但是一点用都没有。爸爸妈妈完全没察觉到我的存在,他们仍然全神贯注地在我根本不可能待的地方找着我。这也太残酷了吧,我甚至要放声大哭出来了。

就在这时,我的内心突然冒出了一个了不起的念头。一定是因为那狸猫幻化的帽子在天上恶作剧,爸爸妈妈才找不到我的。没错!我必须好好教训一下那只臭狸猫了!于是,我打算瞄准那顶高高挂在空中的帽子,朝它扑过去,捉弄它一番,逼它认罪!接着,我摆好了纵身一跳的姿势。

"Ready on the mark! Get set! Go!"

我竭尽全力跳了一下,身体就向上飘了起来,越飘越高,越飘越高,有趣极了!终于到达了帽子所在的高度,我使出浑身力气一把抓住了帽子。

"痛!"帽子大喊一声。或许是从天空的钉子上脱落了吧,手里攥着帽子,我头朝下,栽了下去。就这样不停坠落,不停坠落,明明马上就要掉到草原上了,却不承想完全没有停下来,仿佛掉入无底洞一般,一直在下坠。周围渐渐明亮起来,电闪雷鸣,最后眼看就要冲进一片火海,熊熊火焰耀得连眼睛都睁不开。倘若真的掉进去,那只有死路一条了。帽子大声向我求救:"救救我!"

而我也害怕得只能发出嘶吼。

有人在摇晃我的身体。我吓了一跳,猛地睁开眼,发现这竟然只是一场梦。

妈妈打开了一半挡雨门,来到我的身边。

"你怎么啦?做噩梦了吧?……睡迷糊啦,该起床上学了哦!"

算啦,梦里的那些事儿都无所谓了。

我立马看了看自己的枕边,发现我最爱的那顶帽檐闪闪发光的,价值两百八十块钱的帽子,正被我紧紧地攥在手里。

我开心地看着妈妈的脸,咯咯笑了。

险些溺水的兄妹

夏末立秋前的那段时日,无风的海面开始掀起层层大浪,不断地拍打着海岸,来海边度假的人们也陆续离开他们的度假别墅回城去了。之前,不管是沙滩还是海里,从早到晚一整天全都是人。每次从沙丘上往下看,都不禁纳闷儿这么多的人究竟是从哪冒出来的。可是,刚到九月,才不到三天,放眼望去,沙滩上竟然连个人影都不见了。

我、妹妹还有朋友 M,想抓住夏季的尾巴去海边玩一玩。奶奶劝我们说浪越来越大最好别去,但我们觉得天气这么好,连风都没有,肯定没事,就没听奶奶的话出发了。

刚过晌午,万里无云,碧空如洗。艳阳高照的中午时分,草丛中已有虫鸣传来。沙子依然很烫,光着脚的话就得时不时跳到草丛上待会儿,不然烫得受不了。M 头顶着毛巾已经飞奔出去了。我牵着头戴草帽的妹妹也紧随其后追了上去。三人都想早一点泡进海水里,跑得气喘吁吁。

绵延起伏的波浪真美!波峰与波峰之间拉开长长的距离,缓缓地拍打着沙滩。不同于轻轻拍打岸边瞬间碎成朵朵浪花的小波浪,此时的海浪好像一座座狭长的小山。在慢慢逼近陆地的过程中,小山的山顶越来越尖,伴随着一声巨响,海浪猛地拍到沙滩上,瞬间灰飞烟灭。不一会儿,又一个小山似的海浪砸来,破碎的浪花借着海浪的冲击力,化作一片白色泡沫铺满了整个沙滩。我们三人看到眼前这样的海浪,稍稍感到有些畏惧。但来都来了,总不能直接回家吧。于是,妹妹摘下帽子,反过来放在沙滩上,我们把衣服和毛巾团一团放进帽子里,然后三人拉着手往海里走去。

"吸力好大啊。"M说道。

的确如此,那天我们感到海水的吸力,也就是海浪退去时的引力非常大。即便我们站在水浅浅没过脚踝的地方,也能感受到海水退去时强大的力量,宛如湍急流淌的河水。随着一次次海水的退去,脚下大量的沙子被带走,稍不留神就会摔倒。看着海水一波接着一波奔向大海深处,不觉有些眼晕目眩。但我们特别喜欢这种感觉,脚底的沙子悄悄地溜走,脚也随之慢慢陷进沙子里,其中的趣味妙不可言。我们三个人拉着手一点一点地往水深的地方走去。当我们面向大海的方向站立时,膝盖不打弯都站不稳。而面向陆地时,水拍到小腿上甚至会有些疼。我们一会儿比赛看谁能并腿直立得更久,一会儿又尝试着在水中金鸡独立,开心得像三条人鱼在水中跳来跳去。

M 率先走到了海水没过膝盖的地方,浪打过来,他要用上全身的力气才能站得住,那样子太有趣了。于是我们渐渐走到了水位齐腰的地方,浪涌来时根本站不住,必须借着海浪涌动的力量往上浮,不然就会呛水。

浮起来的时候,我们仿佛登上了高峰。浪头过去,脚落回到沙子上时,望向海岸,视线被海浪高高耸起的脊背遮挡,根本看不到海岸。随即,眼前的海浪重重地拍打在沙滩上,瞬间激起片片白色浪花铺满沙滩,沙丘和妹妹的帽子看起来伸手可及,仿佛近在咫尺,这又是一种妙不可言的感觉。我们完全忘了夏末时节的这种海浪有多危险,借着起起伏伏的海浪,玩得不亦乐乎。

"快看!好大的浪!"

面向大海的妹妹突然大叫一声,声音里带着一丝恐惧。我和 M 下意识地转头往浪来的方向看去,正如妹妹所说,这次的浪比之前的大很多,正张开双臂向我们扑过来。就连深谙水性的 M 也面露惧色,想尽可能地往水浅处游一游。我和妹妹当然更是觉得害怕。我们上身前倾,双手用力向前伸,像游泳那样双臂划着水,双脚踩在地上,想往岸边走。奈何浪的吸力太强,脚既抬不起来也迈不出去。可怕极了,像是梦到自己被恐怖的怪物追赶,我们吓得浑身发软。

浪可不会等人,容不得我们游去水浅的地方。眼看着浪越来越近越来越大,浪尖上开始泛起白色浪花。M 从背后大声喊道:"别再往前走了! 浪盖过来会被卷走的,现在最好先等这个浪过去!"

M 说得很有道理,我和妹妹只能停下,等着浪过来。大浪像一扇屏风似的压了过来。我们幸运地越过了浪脊,没被大浪打到。虽然感到身体被海浪无情地揉捏着,但总算顺利地躲过了这波大浪。三人松了一口气,相视一笑。就这样,等浪峰过后,我们尝试着直立身体,想像之前那样两脚踩到沙子上。

结果怎么样呢? 我们一停下划水动作,忽然就一同沉下水去,而且脚也够不到地。我们吓坏了,惊慌起来,双手拼命划水,好不容易才把头露出水面。当时的我们惊慌地对视了一眼,发现彼此的眼神、表情都不对劲了。脸色苍白得像纸,眼睛瞪得大大的,眼珠子都快要掉出来了。我们一句话都没说,但都清楚地意识到,刚刚的浪已经把我们带到了水极深的地方。彼此心里都明白现在必须马上尽可能地往陆地方向游。

我们默默地把身体向前倾,游了起来。但是,我们能有多大力气,可想而知。当时 M 14 岁,我 13 岁,妹妹才 11 岁。M 一直参加学校游泳部的活动,还算是会游泳。我只会一点侧泳,仰泳也不过刚学会。而妹妹才刚刚可以不用游泳圈,只能游四五米远。

瞧吧,眼看着我们被越冲越远。我半个头埋在水中,用侧泳往海岸游,不时从水中抬起头,看到妹妹在后面,离我越来越远。M 在前面向着海岸游,也离我越来越远。没多久我们的距离越拉越大,只能勉强听到彼此的声音。每一次海浪袭来,我要么看不到妹妹,要么看不到 M。只要能看到我,妹妹就会声嘶力竭地大声呼喊:"哥……快来……要沉下去了……难受!"

海水几乎没过了妹妹的鼻子,所以她每次呼喊都会吞几口水。她脸色苍白痛苦不堪,好像在愤怒地瞪着我。我身体往前游,心却被向后拽着,好几次想回去救她。但我终究是个坏人,这种状况下还是想要先保自己的命。因为我知道,只要我折回去,两人就会一起被浪卷走,命丧大海。我觉得那太可怕了。当下除了自己快点游到岸边找渔民或会水的人去救妹妹之外,别无他法。但现在想想,那时我的这种想法实在太自私了。

我当时这样想了之后,就不再回头看妹妹,只一个劲儿往岸边游,快没力气时就漂在水面上缓一下。我觉得自己在一点点靠近海岸。我拼命游、拼命游,可当我想立起来,尝试着用脚踩地时,水又一下子没过了我的头,我扑通一声沉了下去。我慌乱无比,只能继续拼尽全力地游。

又过了好久,我试着用脚蹬地,发现水只到膝盖。我知道自己安全了!那一瞬间,我放声大哭,声嘶力竭地喊道:"救命啊!"

我疯了似的在沙滩上奔跑,看到远处的 M 也和我一样。我一边跑一边还不忘往妹妹那边看,可怜的妹妹被浪推到离岸很远的地方,只能看到她的头在海浪中若隐若现。

海边没有船,也没有渔民。当时我真想再冲回去救妹妹。抛下亲妹妹不管,只顾自己游回来,这件事令我难过得不得了。

这时,M 拽着一个年轻男子的衣袖往这边跑来,我看到后马上也不顾一切地朝他们跑去。年轻男子应该是当地人,但看起来不像渔民,只是恰巧路过,肩上还扛着东西。

"快……快来救救她……在那边,那边!"

我眼泪止不住地流,急得捶胸顿足,伸出颤抖的手指向妹妹那边,那时妹妹只剩一颗小小的头浮在水面。

年轻男子确定了我指的方向,麻利地放下肩上的东西,解开缠在腰间的衣带,和衣服一起放到行李上面,逆着海浪往大海深处游去。

我一边哭一边发抖,把所有手指头攥紧塞到嘴里,使劲咬着,紧张地看着男子渐渐远去的身影。我已经彻底无知无觉了,不知道我在哪,也丝毫感受不到冷热,甚至连手脚都失去了知觉。

男子双臂交替奋力地划水向前游去,他的头越来越小,离妹妹越来越近。身边的白色浪花闪闪发光,划水的手臂湿漉漉的,整个人好像一条飞鱼,在大海里跳跃,忽隐忽现。我全身紧绷,目不转睛使劲地盯着他。

终于,男子的头和妹妹的头凑到一块儿了。我下意识地把手从嘴里拿出来,一边哭喊着一边往海里奔去。但是他们俩过来得好慢好慢,我不明就里地又往回跑,然后又往海里走。我无法静静地待在原地等待。

妹妹的头沉到水里好多次,有几次沉下去太久,我都以为她再也浮不上来了,甚至连那位年轻男子的身影不知怎的也看不到了。我开始胡思乱想时,他们又像玩弹跳似的高高地出现在水面上,那样子让不知情的人看到甚至会以为他们正在潜水玩。终于,他们离岸边越来越近,慢慢地能看清楚脸了。就在这时,一股浪打下来,白色浪花好几次将他们两人一起淹没。最后,男子几乎是爬着回到了海岸,而妹妹一直趴在他的背上。我激动地朝妹妹飞奔过去。

跑到跟前一看,那位年轻男子的样子让我无比震惊。他上气不接下气,筋疲力尽,整个人瘫软在地。妹妹看我跑来,也不顾一切地朝我飞奔过来,突然好像又变了主意,避开我往沙丘那边跑去。这时,我意识到妹妹在恨我。虽然我能理解,但心里既不安又难过,悔不该当初。

M去哪里了呢?我站在男子身边环顾四周,发现M正扶着奶奶从远处的沙丘上下来。这时我才明白,原来妹妹是比我先看到了奶奶才往那边跑的。

我稍微放心了一些,把手搭在年轻男子的肩上,想对他说点什么,但他好像很不耐烦,把我的手推开了,瘫坐在不时被海水冲刷的沙滩上,皱着脸一直揉着自己的胸口。我犹豫着不知道该不该说话,呆呆地站着。

很快,我听到站在我身边的奶奶气喘吁吁满怀感激的声音。

"是您救了这孩子吧,真不知道怎么感谢您。"

妹妹从头到脚湿透了,抽泣着躲在奶奶怀里。

我们三个浑身湿漉漉的,抱着衣服和毛巾,跟奶奶一起往回走。年轻男子这时终于有力气站起来了,擦擦身上的水就打算走,奶奶再三恳请他来家里坐坐,他这才默默地跟在我们后面。

到家了,妹妹的床已经铺好。妹妹换上睡衣一躺下就昏睡过去,发起烧来,身体像风中的树叶一样瑟瑟发抖。一向沉着淡定的奶奶干净利落地料理好妹妹,转身向那位勇敢的年轻男子诚恳地道谢。他不善言辞,只是不断地点头。奶奶再三询问,好不容易才打听出他家的地址。他喝了杯麦茶,担心地看了看妹妹,然后礼貌地和奶奶道别,回家去了。

"M 君跑过来和我说你们在海里遇到了大浪,我差点昏过去。你爸妈把你们托付给我,你们要是有个三长两短的,我也不活了。往沙丘上跑时,我跑得比你和 M 君还快。幸好有那个人路过那里,才救了你妹妹,真的太可怕了!你们以后必须注意,绝不能再出事了!"

奶奶把我叫到面前,非常严厉地训斥了我一顿。奶奶平时是很温和的人,但这次的话语却令我的心紧紧地揪在一起,浑身僵硬,害怕极了。曾经只顾着自己活命的我,此刻心中像针扎一样难受。我想哭又哭不出来,缩成一团低着头坐在奶奶面前。外面,酷热的阳光依旧照射着沙滩。

奶奶带着礼品去年轻男子家登门道谢,但他说什么也不要奶奶拿来的谢礼。

那之后的五六年里我们还有他的消息,但现在他已经不知所踪,也不知他过得怎样。我们慈爱的奶奶已经离开人间,朋友 M 也因一些莫名的事情被人杀死了。现在只有我和妹妹还活在这个世上,每每提起这件事,妹妹总说只在那个时候打心里恨过我。而我只要一想到那时大浪袭来不见妹妹身影的情景,依旧会胆战心惊。

卑怯者

晴朗的傍晚,天空金灿灿的。夕阳悄悄地染红了靠近地平线的一道旗状云。山手小城迎来了它的秋天。

他脚步匆匆,那群在路上跑来跑去的孩子显得十分聒噪。秋日的夕阳就要落下。在这逐渐黯淡的余晖下,孩子们抓紧晚饭前的最后一点点时间,像一群号叫着的蝙蝠在人群中肆意穿梭。为了不被撞个满怀,他需要猛地停下急行的步伐,有好几次都险些栽了跟头。从他身边跑过的孩子们完全没有要避开他的意思,甚至连看都不看他一眼,只顾着身后追来的同伴。这种自私的、以自我为中心的行为举止,在他看来格外可恶。他从孩子们打闹追逐的旋涡中见缝插针地穿过,不断加快脚步。

走到距离他要去的地方大约百米的时候,他忽地意识到那群吵吵闹闹的孩子们已经远远消失在了身后。周围清清爽爽一片宁静。他向不远处望去,远处有一群男孩女孩,二三十人,但他们只是扎堆聚在路边的树篱旁,像是在聊着什么,并没有在路上跑来跑去。他们玩的大概是不需打闹的游戏吧,正安安静静地沉浸其中。从旁经过时,他一直盯着孩子们看,可孩子们却没有一人注意到他。他松了一口气,又匆匆继续向前走去。草鞋的鞋尖蹭在洒水后板结变硬的路面上,咯咯作响。

那群孩子的斜对面有一间装着栅栏门的平房,房前停着一辆配送牛奶的人力车。漆成水蓝色的货箱侧面写着"精乳社"三个醒目的红色大字。他虽然急着赶路,但那行红字太吸引眼球了,他不由得侧目看了几眼。越过人力车的车把,他隐约看见了一双孩子的脚。那孩子似乎正背靠人力车的车身站着。

然而他还是很快又把目光对准了正前方,加快了脚步。当走出去八九米的距离时,他听见"啪嗒"一声,像是挂钩崩开的声音。他下意识回头望去,正好目击到了一起无心之失。他愣在了那里。

虽然他并未看到这两三分钟发生的事情的全部过程,但是在他驻足回首的瞬间就立刻明白了事情的前因后果。他从人力车旁边经过时,那孩子把身子靠在人力车的前门上,所以越过车把只看到他的脚。而这个孩子,可能是平日里恶作剧太过分了,或是长得不招人喜欢,又或者是太怕生了,总之肯定是受到了其他孩子的排挤。当时这孩子一定是因为受冷落只能一个人待着,于是靠在人力车旁边,孤零零地望着马路对面愉快玩乐着的其他人。兴许是一个人待着突然觉得肚子饿了,只是单纯想把身子从车上抬起来,不想牛奶箱前门上的挂钩偏偏在这时松开了,重重的门压向了孩子。孩子在惊讶中回过头,用小小的手奋力抵住半开的前门,想要把它推回去重新关上。而一旁的他恰恰就在此时停下脚步,刚好看见了这一幕。那孩子只有六岁左右,稚气未脱,穿着一件很久没洗的脏兮兮的深蓝色单件和服。衣服并不合身,很短,在这样一个早秋的天气里显得有些单薄。一张脏兮兮的小脸涨得通红。孩子咬着牙把身子抵在前门上,这副模样在他看起来有些滑稽。出于些许的好奇,他站在原地远远地看着这一幕。

门后面抽拉式的三层架子上码放着大量奶瓶,眼看着那些奶瓶就要顺着倾斜的车厢滑落出来了,可以想象此时门板上承载着的是怎样的重量。那孩子拼了命想把门扇合上。他吓坏了,满脸恐惧,因为这场祸实在太严重,又没法找人帮忙。他必须趁着没人注意时把这件事解决好。孩子一副马上就要哭出来的表情……这个令人揪心的场面大概持续了不到三十秒吧。

显然,小孩的力气是无法支撑那扇门的。他感到这样下去事态很快就可能恶化。有一个瞬间,他因为好奇心作祟甚至忍不住想返回去帮帮那个孩子。但是,一方面他想到在赶过去以前牛奶瓶可能已经从箱子中滚落;另一方面,又想到听到响动的孩子们会过来查看,对面左邻右舍的人也会从窗户里探出头想看看发生了什么事,他和这个孩子会一起遭受不明就里的人们好奇的眼光的审问,他就顿时感到浑身不舒服。正在他如此思前想后,还未等付诸行动,门已被无情地挤开了一条三四寸的小缝。短短一瞬,装满牛奶的玻璃瓶就像长了腿的活物,一个接一个地钻了出来。瓶子掉落在地面上发出声声脆响,一个接着一个或是绽裂破碎,奶液四溅,或是随地翻滚,散乱一片。那孩子……起初还是相信自己只要努努力就能顺利解决问题的……此时已慌了神,紧撑着的双手更加了一把劲,结果把自己的身体带着向前倾去。正是这一下令他功亏一篑,孩子的身体彻底失去了平衡,一侧的门板也立刻彻底打开了。牛奶瓶借势奔涌而出,砸在孩子的胸口上,滚落一地。乳白色的液体在孩子的上襟和地上流淌、扩散开来。

事已至此,一直旁观着的他的心态再次发生了变化。对那孩子孤立无援的同情不知不觉间烟消云散,只是饶有兴致地观望着牛奶瓶瀑布般叮叮当当地滚落。事实上,看到不远处发生的那些滚动、听到那些声响,一种恶魔般的愉悦感在他心里油然而生。那是人类对毁灭一事产生的荒诞奇妙的兴致。眼前这副光景虽说不上壮观,但也足以勾起他心中的这份兴致。再激烈一点! 让所有的瓶子都一起摔到地上! 让一切都碎成齑粉……

果然,这一幕终于还是发生了。前门猛地大开,三层架子像长长吐出的舌头,在地上延伸开来。满当当地堆在架子上的牛奶瓶破的破,碎的碎,堆成小山散落在地面。瓶子碎裂的声音尖锐刺耳得超乎想象。

就连他也被这声巨响吓了一跳。再看那孩子,早已不管不顾地跑到十几米外了。看样子那孩子是想趁着别人还没听到那恐怖的声响以前,赶紧跑进自己家里。但那是不可能的。在他的目光被地上堆积如山的玻璃瓶和流淌成河的牛奶夺去的一瞬间,路对面围成一圈吵吵嚷嚷的孩子们也被吓了一跳,一起向配送车的方向看去。逃跑的那孩子也被身后嘈杂的巨响吓得呆若木鸡。也许是意识到自己已经无处可逃、避无可避了,也许是想要再次尝试弥补自己的过错,那孩子一路小跑着又回到配送车跟前,默默地站在那里。他不安地望向其他孩子的方向,然后又手足无措地回过头来看着成堆的瓶子。在他看来,虽然那孩子又折回了原地,但其实并不知该如何应对,只是一副茫然无助的样子。

聚集过来的那群孩子远远地就把那个孤身一人的孩子团

团围住,每一个人的脸上都露出孩子特有的、毫不掩饰的残酷表情。

这群孩子在短暂的相互交谈过后,其中一人露出看热闹不怕事大的样子高声叫嚷道:"不好啦!不好啦!"

随后,一旁的孩子们也一同扯开嗓子,发出恶意的呐喊:"不好啦!不好啦!有人干坏事儿啦!但可不关我们的事哪!"

孩子们究责问罪的声音一浪高过一浪,就连小城傍晚时分的空气中弥漫着的那股不知从哪里传来的令人焦躁不安的声音,也淹没在这高亢的叫喊声中了。

那孩子短暂犹豫了片刻,最后还是不情愿地蹭着步子来到配送车的旁边。看来是已经意识到自己无法逃脱了。他没有哭,落寞地站在那里。围住他的那群孩子慢慢逼近,用嘲笑的眼神肆意鞭打着他,恶意满满地盯着他的一举一动。这孩子只有六岁。对他来说,这样严重的过失定是完全无法想象的大祸。孩子的手背下意识地抬到了眼前,但即便如此,惊慌失措中的他还是忍着没哭。

一直心硬如石、默默地站在一旁的他,觉得再也不能继续沉默下去了。不知不觉间从肩膀到双手用着力,咕的一声咽了口唾沫。就在这时,周围邻里的大人们都冲了出来,用惊诧的目光来回扫视着配送车和那个可怜的孩子,但是好像并没有一个人想要出面处理。大人们脸上满是不想自寻烦恼的神情。看到这群人的丑态,他不由火上心头,恨不得立刻冲上前去,把站在那里的人统统暴打一顿,藐视那群目瞪口呆的大人小孩,尽情痛骂一番。

"混账东西!一群木头!懦夫!就算这孩子平时爱搞恶作剧,你们觉得现在他是在搞恶作剧吗!动动脑子好好想想!这么小的孩子能干出这种恶作剧吗!他多可怜啊!这只是个意外!我刚刚在那儿一五一十地全都看到了!这群蠢货!还不快去把配送员叫来!"

他在脑海中描绘着这一幕,但是现实中他只是畏缩在一旁,双手直哆嗦,脸色发白,僵立在原地,犹豫着要不要现在就冲出去。

"走开!一边去!"

一声呵斥传来。听这声音应该不是出来打工的学生,而是纯粹的体力劳动者,身材魁梧壮硕。配送员恨不得要掀翻两三个小孩似的,怒气冲冲地拨开人群。

他知道接下来要发生的是令人窝火的可憎之事。配送员一定会十分恼火。而那个不敢哭、吓得发抖的孩子一定会被立在一旁自傲自大的众人告发吧。配送员一定会怒不可遏地抓起那孩子的衣领,随意推搡发泄怒火吧。突然听到那个孩子号啕大哭起来,旁人只是兴致勃勃地观赏着这一幕……他必须行动了！他必须站出来，为孩子辩护，平息配送员的怒火。

但实际情况又怎样呢？随着事情变得愈发严峻，他已经没法再看下去了。他下意识地别开了视线，与此同时一股无法抗拒的力量牵引着他的双腿，向着前方匆匆逃去。他在心底双手合十不停地乞求着宽恕，甚至没有意识到走过了头。他只是没头没脑地一个劲儿走着，仿佛只有这样才能帮到那个孩子。就这样，他上气不接下气地不停地走着，心中怒火燃烧。

"你这混账！懦夫！卑鄙小人！说的就是你！你要还算个男人，赶紧回去！能证明那孩子无辜的人只有你了！但是……你却一点都不想回去吗?!"

他怒斥着自己，却头也不回地朝着一个方向继续走着。想到现在那孩子可能正在被大耳光扇着，他下意识闭上双眼，满脸痛苦地咬紧牙关。也不管街上还有没有人，他的双臂紧紧抱在胸前，上身向前倾斜，快要摔倒了。他忍不住，快要哭出来了。他漫无目的地越走越远，把那个可怜的孩子远远地抛在了身后。

燕子与王子

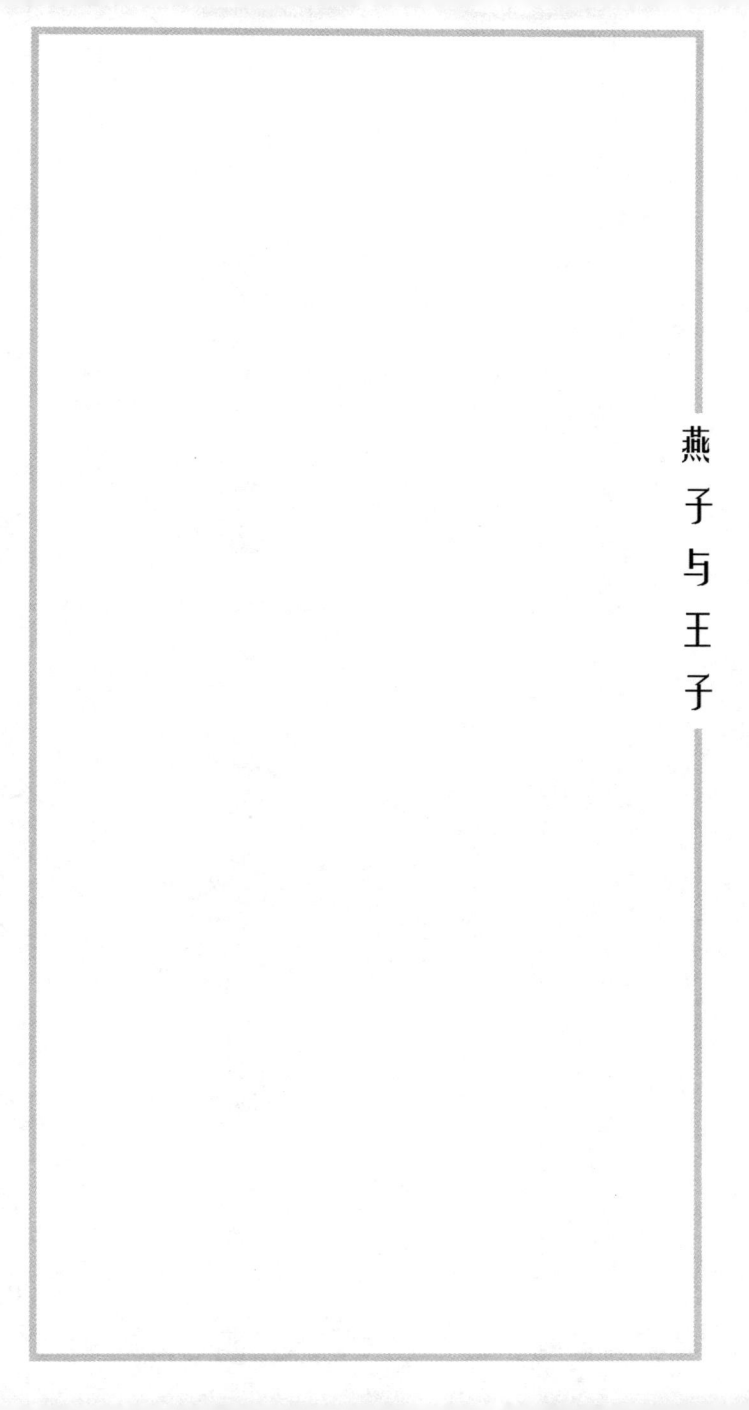

燕子是一种喜欢自由飞翔的小鸟,它们常常会飞去温暖的地方居住。现在,正值风轻日暖和煦宜人之际,让我们出门去看看它们吧。燕子的羽毛黑中略带紫色,肚子是白的,脖子上有一圈红色羽毛,看起来好像围了一条红围巾。它的尾巴和长尾山雀的尾巴一样,像爸爸穿的燕尾服的下摆,个头却比山雀大很多,是个活泼好动的小家伙,飞来飞去只叫人眼花缭乱。今天讲的故事就是关于燕子的故事。

  埃及有一条尼罗河,是世界上最长的一条河。有很多燕子就居住在这条河的岸边。你可以请妈妈带你在地图上找一找。这里一年四季温暖湿润,适宜居住,但是燕子有时也会待腻了似的,成群结队地迁徙到其他地方。某一年,有一群燕子飞往欧洲,来到流经德国的莱茵河河畔。莱茵河风光旖旎,美不胜收。河的西岸有一座古老的城堡和大片的葡萄园。当时正值夏日,大河沿岸的芦苇苍翠茂盛、郁郁葱葱。

燕子们太喜欢这里了。每天从早到晚不知疲倦地嬉戏打闹,一会儿四散开去,一会儿又群聚一处,就像在一起玩游戏一般,穿梭于茂密的芦苇丛间,飞掠过清澈的河水之上。它们当中有一只小燕子,与广阔芦苇荡中一株姿态婀娜的芦苇成了好朋友。每当这只小燕子飞累了,他都会落在那株柔软的芦苇秆尖上,开心地荡荡秋千,和芦苇聊聊天。

不知不觉,悠长的夏天快要结束了。河岸上,葡萄的果实已经成熟,像一颗颗紫色的水晶球。一些熟透的葡萄落在地上,腐坏后发出淡淡的甜香,借着微风弥漫开来。村子里的姑娘们成群结队地挎着篮子,来到葡萄园里。她们一边采摘一边歌唱,歌声欢快,燕子们也随之歌唱,在姑娘们的衣袖下、头巾上翻飞嬉戏。可是,没过多久,葡萄收获的季节结束了,人们开始为过冬做准备。弥漫河面的晨雾日益浓厚,让人明显感到了丝丝寒意。一只性急的燕子刚吐露想南归的意愿,其他燕子便纷纷响应,开启了回归的旅程。

但是,那只与芦苇成为好友的燕子却绝口不提此事。无论小伙伴们怎样邀请、怎样劝谏,他都任性地撒娇地说自己还不想回去,最后终于只剩下他孤零零一人在这里了。此时此刻,小燕子能依靠的就只有那一株身姿柔美的芦苇了。有一天,小燕子飞往芦苇的身边,想去和芦苇说说悄悄话。可他刚停在扬花抽穗的芦苇上,那株日渐干枯的芦苇就咔嚓一声折断了,花穗哀婉地垂下了头。小燕子吓坏了,连忙安慰她说:

"小芦苇,我闯祸了,你一定很疼吧!"

芦苇悲伤地回答道:

"是有一点儿疼。"

燕子怜惜芦苇,宽慰她说:

"没事的,你别担心,我会一直陪着你到冬天的。"

芦苇借着风摇了摇头,说:

"那可不行。你还没有见到过霜吧?他是个非常可怕的白发老爷爷,像你这样善良又美丽的小鸟,他动动手指就把你杀掉了。快点回你温暖的故乡去吧!不然我会更加悲伤的。今年我逐渐发黄枯萎了,但等你明年归来时,我又会重获新生,依旧青春靓丽,那时候我们还做好朋友。如果你今年就死去了,明年就只剩我独自一人,岂不是更孤独寂寞?"

芦苇说得一点儿也没错。听了如此真诚又体贴的话,小燕子也终于被说动了。虽有千般不舍万般留恋,小燕子还是一步三回头地朝着南方开启了孤单、不安的旅途。

天高地阔的秋日,西风已经有些刺骨了。小燕子一心向南,拼命赶路,今天借宿寻常人家的屋檐下,明日停留在树荫下破旧腐坏的水车上。然而,所到之处都不再温暖,一天比一天寒冷。小燕子切身体会到他最喜欢的芦苇所言不虚。不知道过去了多少天,在某个寒冷的傍晚,小燕子翻山越野,终于到达了一个古老的城市。他四处寻找今夜的栖身之地,眼看太阳就要下山了,却依然没有结果,无奈之下他只好先飞向那座高高的、夕阳下金光闪闪的王子的立像,决定暂借他的肩头休憩一夜。

王子的立像坐落在四条宽大的石砖路的交会处。他英姿飒爽,高昂着头,金色的头发垂落肩头,左手紧握佩刀,目光如炬俯瞰着脚下的城市。这位王子和善亲民,可惜在很年轻的时候就因病去世了。悲伤不已的国王和王后,在城市最醒目的地方修建了一座包裹着黄金薄板的青铜雕塑,以此纪念他们的爱子。

小燕子蜷缩在这位年轻威风的王子的肩上,度过了略感寒凉的一夜。第二天清晨,当笼罩在城市上空的雾气开始散去,朝阳从东方缓缓升起的时候,小燕子做好了出发的准备。就在这时,不知从哪里传来"小燕子、小燕子"的呼唤声。咦——小燕子环顾四周,没有看到任何人。他再次振翅欲飞,却又一次听到了那个声音:"小燕子、小燕子。"太不可思议了!不经意间小燕子抬头看了一眼王子的脸庞,发现王子正面带微笑,用他那双宝石镶嵌的眼睛慈爱地凝视着自己。小燕子跳起来蹭了蹭王子,问道:

"刚才是殿下您在叫我吗?"

王子点了点头,说:

"正是。其实我有点儿事情想要拜托你,你可以帮助我吗?"

小燕子还从来没和这么非凡的人如此近距离地说过话,他喜不自禁满口答应道:

"这是我的荣幸。我愿意为您效劳,请别客气,尽管吩咐吧!"

王子思考了一会儿,目光坚定、神情凝重地对小燕子说:"那就要麻烦你了。你看那里——"他指着城市的西边,接着说道:

"那里有一间破旧不堪的房屋,窗户只有一扇,朝这个方向开着。你看那扇窗户里面,是不是有位年老的孀妇正在拼命地做着针线活?她无依无靠,每天都在拼命干活,可只能做点计件活儿,还很少有人找她,有时连饭也吃不上。这一切我在这里看得一清二楚,心里很难过,很想为她做点什么,只可惜我立在这里寸步难行。小燕子,请你从我身上剥下一块金子,衔着它不要让人发现,悄悄地投进那扇窗里吧。"

听了王子的请求,小燕子被他高尚的情操深深感动了。但是要从这位非凡的王子身上剥下金子,令小燕子迟迟不敢动手,踌躇不决。在王子的再三请求下,小燕子无可奈何地从王子的胸前撬起一块金片,将它顺利地投进了那位年迈孀妇的窗户里。当时那位孀妇正埋头劳作,并没有察觉到这件事,直到起身准备做饭,才看到那块闪闪发光的金片。那一刻,她不知道有多么惊喜!她怀着感恩之心,小心翼翼地将这份来自神灵的恩赐收好。当天晚上,她不仅久违地吃了一顿饱饭,还把滞纳许久的寺院香资送去了寺庙,不禁喜极而泣,流下了感恩的泪水。小燕子也觉得自己做了件大好事,兴高采烈地飞回到王子的肩膀上,把今天发生的事情从头到尾讲给他听。

第二天清晨,小燕子决定今天一定要出发,尽早回到魂牵梦萦的尼罗河去。他理顺了羽毛,扇动着翅膀,正欲腾空高飞的时候,王子再次呼唤了他。经过了昨天的事情,王子在小燕子的心中成了世界上最值得仰慕的大好人,于是他立刻回应了王子的召唤。王子对他说:

"东边这条街道的尽头有一匹白马拉着的货车。你看,那里站着两个小小的乞丐,正在风中瑟瑟发抖。唉,他们原本是我家家臣的孩子,他们的爸爸妈妈都是很好的人,因听信朋友的谗言,被逐出了本家,没过两三年他们二人便病逝了,两个孩子便沦落为乞丐,无人照拂。如果他们两个能拿着金片送去皇宫,他们就能按之前的约定恢复臣子的身份。又要麻烦你了,小燕子,请从我身上剥下一块金片,越大越好,给他们送去吧。"

小燕子看到那两个小小的乞丐,怜惜不已,甚至忘掉了自己准备启程赶路的事。他从王子的肩膀上掀下一大块金片,吃力地衔着它飞了出去。此时,两个小乞丐正手牵着手,愁眉苦脸,不知今天能不能吃上饭。小燕子像是在安慰他们一样,在他们身旁上下翻飞,快活地盘旋了两三圈,然后将金片抛落在他们面前。两个孩子吓了一跳,把金片捡起来后端详了半天。之后,哥哥模样的小少年好像想到了什么,捧着金片说:"有了这个,就能获得主君的谅解,我们就可以回家了!"说着,开心地拉着妹妹的手朝宫殿的方向跑去。看到这一幕,燕子觉得自己又做了件好事,飞回到王子的肩头,将整件事情一五一十地讲给他听。王子听了也非常开心,称赞小燕子有一颗无比善良的心。

又过了一天,王子再次抱歉地挽留了准备启程的小燕子,拜托他说:

"今天想请你去趟北边。那幢高高的屋顶上有个风向鸡的房子里住了一位画家。他技艺超群,但眼睛却越来越不好了。如果再不早点治疗,可能就再也不能作画了。我想送给他一块金片,让他有钱把眼睛治好。小燕子,今天又要辛苦你为我跑一趟了!"

于是,小燕子再次忘记了归乡之事,从王子的背上掀下了一块金片,衔着飞向那幢房子。画家的房间里没有炉火,寒意渐起的秋日，他把窗户关得严严实实，正在专心致志地工作着。小燕子没办法把金子投进去，只好去向风向鸡求助。风向鸡告诉小燕子，这位画家非常喜欢燕子，只要看到燕子就会被吸引，忘却一切。所以，他只需要在窗户周围来回飞舞就好。太好了，小燕子听后便在那扇窗前竭尽全力优雅地盘旋飞舞。两三圈之后，那位画家无意间抬头，他的目光立刻被吸引了：

"这么冷的天气，竟然有燕子飞来！"

他一边说着，一边打开窗户探出头去，目不转睛痴迷地凝望着盘旋飞舞的燕子。成功了！小燕子看准时机将金片投进了屋子里。画家喜出望外！上天如此眷顾，他的眼睛有救了！等治好眼疾，他一定要画出举世无双的名画报答上苍。他这么想着，连忙去找医生了。

王子与小燕子远远地望着他的背影，为今天又做成一件善事感到心满意足，安然进入甜美的梦乡。

忙前忙后之间，天气渐渐变得更冷了。夜间，小燕子在青铜王子的肩膀上已然感到寒冷难挨了。然而，每日都忙着帮王子为那些他一直关注着的贫穷正直的人、深受磨难的伟人送去自己身上的金片，小燕子根本无暇顾及南归之事。白天，秋日和煦的阳光暖洋洋地映照在红色的砖瓦和枯黄的秋叶上，泛着金色的光芒，天气还算温暖。小燕子依旧听从王子的差遣,飞来飞去完成着自己的使命。就这样,王子身上的金片越来越少,遍体鳞伤,之前光彩夺目的模样已经消失得无影无踪了。有一天傍晚,王子回过头静静地注视着燕子,说:

"小燕子,你太善良了,难为你不惧寒风为我东奔西走。如你所见,我已经无法再帮助别人了,而且还变得这么丑陋。我想,你也不愿意再待在我的身边了吧。你也该回去了!这里已经这么寒冷了,尼罗河畔美好的夏天正在等着你呢。过不了多久,冬天就要降临,如你这般柔弱美丽的小鸟是熬不过去的。不过,一想到将要和你这样的好朋友分别,我还是很难过。"小燕子听完,悲伤得说不出话来,他情愿冻死在王子的肩上也不忍离去。小燕子默默流泪,甚至都没能给王子回话。就在这时,他们听到有两个人坐在王子立像下方的高台上说着悄悄话。

王子和燕子定睛一看,原来是一位年轻的武士和一个美貌的少女。他们二人根本想不到会有人听到他们的谈话,因此正敞开心扉互诉着衷肠。只听那位武士说道:

"我们好想早点结婚,但缺了那样重要的东西,就举办不了婚礼,太难过了。按照我家的家规,结婚的时候,必须佩戴镶嵌着我家代代相传的宝石的戒指。可那宝石不知被谁偷走了,我们的婚礼就没有办法举行了。"

少女仰慕这名武士年轻有为、骁勇善战,在战争中屡立战功,想嫁给他成为他的妻子。听到武士这样说,她不禁潸然泪下,喟然叹息,凝噎无语。两个人紧紧握住对方的手,泪眼相看,悲从心起。

奈何世间悲事多呀!小燕子感慨之余抬头看向王子,不承想王子也是泪流满面。小燕子吓了一跳,连忙一蹦一蹦地凑过去,问道:"殿下,您怎么啦?"王子说:

"多可怜的两个人啊。那位年轻的武士所说的宝石,就是我眼中镶嵌的这两颗宝石。父王在打造我的立像时,到处找不到能做我眼珠的名贵珠宝,伤心不已。那时有个谄媚的佞臣请命寻宝,然后去拜访了这位武士的父亲,佯装谈天说地,伺机盗取了他家那两颗传家宝,献给了我的父王。小燕子,就算我以后再也看不见了也没关系,请取出我的眼珠交给他们吧!"

王子一边说着,一边泪如雨下。恐怕世上再也没有比失明更令人痛苦的事情了吧。无论是每天照耀大地的绚丽多彩的阳光,还是夜晚熠熠生辉皎洁如玉的月亮;无论是青翠欲滴的新绿,还是红艳似火的枫叶;无论是浩瀚的江河湖海,还是变幻多姿的广阔天空——失明之后,这一切就再也看不到了。你试着蒙上眼睛,恐怕一天都难以忍受。失明,会年复一年持续直至死亡降临。设身处地想象一下,就已令人痛心入骨。

王子不仅把自己身上能付出的一切都给了那些可怜人,

如今竟然还要送出自己无比珍贵的双眼。小燕子简直不知道该说些什么好,低着头悲伤地呜咽起来。

不一会儿,王子拭去泪水,说:

"是我不够坚强。竟因不舍而哭泣,这样的赠予是帮不到别人的!只有由衷的发自肺腑的赠予才合乎神佛的慈悲之心。很久以前不是有位叫耶稣的圣人,为了人类被钉在十字架上,欣然赴死了吗?我不会再哭了。小燕子,快把这宝石拿下来,给那位武士送去吧!拜托了!"

王子虽然不断催促,可小燕子还是犹豫不决。就在他纠结烦恼的时候,年轻的武士和少女已经起身准备返回了。他们伤心地低着头下了高台,心灰意冷地朝着城堡的方向走去。这时太阳已经落山了,归巢的鸟儿聒噪着,结伴朝着落日晚霞的方向飞去。王子看到这场景,焦急地催促小燕子快点取出他的眼珠。小燕子万般无奈,进退两难。

"实在没办法了,那我就听您的了,殿下!"

最终,小燕子只好妥协,啄出了王子的眼珠,将两颗宝石噙在嘴里,振翅去追赶那两个人。王子留在原地,依旧保持着俯瞰整座城市的模样,但是他再也看不见这个世界了!

小燕子拼命地追出四五条街,才将宝石抛落在二人面前。少女先看到了,她将宝石捡了起来。那位年轻的武士看到宝石惊讶极了,他把宝石拿过来,默默地看了一会儿,兴奋地说:

"就是这个,就是这个! 就是这个宝石! 太好了,我们可以结婚了! 结婚之后我要更加尽忠报国! 这一定是神的恩赐,感谢神灵! 如今找到了这宝石,我们明天就举办婚礼吧!"

武士和少女激动得浑身颤抖不已,一起俯下身子叩谢神的恩赐。

小燕子看到眼前这一幕,比自己得到无价之宝还要高兴,心情舒畅,连羽翼都变轻了。他飞回王子的身边,开心地坐在王子肩上,说:

"看哪,王子殿下! 他们俩高兴得手舞足蹈呢! 看哪,他们激动得又哭又笑呢! 看哪,那位武士正毕恭毕敬小心翼翼地将宝石收了起来呢!"

小燕子喋喋不休地说个不停,王子依然保持着俯瞰的姿势,说:

"小燕子呀,我已经看不见了。"

紧接着的第二天,就是他们的婚礼。为了祝福年轻威武的武士和温柔美丽的少女,从清晨开始街道上就人来人往好不热闹。家家户户的门窗上都装点着花环,插着鲜艳的国旗,扎着缤纷的彩带,国旗和彩带在清风中飘舞摇曳,欢快的音乐声响彻城市的上空。小燕子独自乖巧地坐在王子的肩膀上,"有辆马车来了""那里有个小孩在欢呼""看见一位衣袍华丽的僧人""有位高大魁梧的武士朝我们走来了""诗人在激昂地朗读祝福的诗词""一群姑娘在欢快地舞蹈"……小燕子事无巨细地介绍着城市里发生的一切。王子低着头一言不发，静静地倾听着。没过多久，新娘新郎的花车抵达了婚礼现场，婚礼盛况空前，热闹非凡。新郎的飒爽英姿和新娘的娇柔俊美，就连口齿伶俐的小燕子也无法用语言描绘。

天高云淡的秋日太阳落山后突然变得很冷。因为婚礼而喧嚣热闹的城市，此时已回归到了原本的平静。夜色越来越浓，小燕子不安地环视四周，紧缩脖子蜷成一团，却还是冷得难以入睡。一夜未眠的小燕子看到东方的天空微微透出紫光，屋顶铺上了一层白茫茫亮晶晶的东西。

他惊奇地问王子那是什么，王子也被吓了一跳，对小燕子说：

"那叫作霜。"听到"霜"字，小燕子不由得想起了芦苇说过的话，心里一紧。大家还记得芦苇说了什么吗？王子接着说："那是冬天来临的证明。真是的，我怎么只顾着自己，却忘记了你，实在是太过分了。小燕子，这么久以来太感谢你了，我在这个世界上已经没有什么愿望了，你快点儿回尼罗河去吧！等冬天降临，你的生命就无法延续了。"

王子说得情真意切，小燕子却不愿丢下王子独自离去。他拍着胸膛坚定地说，自己就算冻死在这里，也绝对不会离开一步。王子只好给他讲道理：

"别再说那么固执的话。如果你今年就这样死去,那么我们的缘分就到此为止了。现在赶快回尼罗河去,明年再来我们就又可以相会了。"

小燕子觉得王子说得很有道理,于是告别道：

"好吧,王子殿下,那让我们明年再见！我不在您的身边,您双目失明,一定会有很多不便,请您务必多多保重！明年再来的时候,我一定会给您带来很多有趣的故事！"

小燕子眼含热泪,迎着清晨初升的太阳匆匆向南飞去。身躯残败的王子低垂着头,孤零零地矗立在寒风中,再也看不到他那位展翅南飞的、忠厚善良的朋友了。

冬日渐寒,天空中纷纷扬扬地下起了大雪,已经可以堆起雪人了。马上就到圣诞节了。在这段日子里,无论是贪心的人、吝啬的人,还是老人、病人都开开心心,像小孩子一样。总是惆怅迷茫的人也精神抖擞起来,总是垂头丧气的人也昂着头挺着胸。于是,人们仰头看见那座他们太过熟悉以至有些淡忘的黄金铸造的王子塑像,曾经是那么灿烂夺目的王子不知何故,如今变得黑漆漆的,像罹患了麻风病似的,双眼紧闭,空洞无物。

"太难看了！怎么能在市中心放这么个东西！"有人抗议道。

"真是的,我们在圣诞节之前拆了它吧!"有人起着哄。

"这个王子生前绝对干了坏事,死了才会变成这副模样!"还有人高声痛斥着。

"拆了它!拆了它!"

"砸烂它!砸烂它!"

没过多久,这样的声音遍布了城市的角角落落。甚至有人捡石头扔,有人拿瓦片砸。最终,一群年轻人搬来梯子爬上雕塑,用绳索套住王子的脖子又拉又拽,曾经高大坚固的王子立像悲惨地倒下,从高台上狠狠地摔在了地上。

真是一个无比凄凉的结局。

就这样,支离破碎的王子的身躯散落街头一月有余。城里的人们觉得它已没什么用处,商议决定将它熔铸成一口钟,安置到寺庙里。

第二年,小燕子从遥远的尼罗河畔飞回到这里,却再也寻不到王子的身影了。

但是,从此以后,无论春夏秋冬,在每天傍晚时分,人们正好结束一天的劳作,家家户户灯火初明、炊烟袅袅,一切的一切都尽情休憩的时刻,寺庙中那座高塔上总会传来澄澈悦耳的钟声,响彻整座城市。在这钟声的环绕下,无论是妖魔还是鬼怪,一切邪恶都无法在这座欢乐的城市里停留片刻。

人们平安幸福地生活着。

仲夏之梦

北国的仲夏宛如盛装打扮的新娘,大地满怀着喜悦,小河不知疲倦地向前奔跑,牧场遍地鲜花怒放,小鸟在枝头欢快地歌唱。

　　一只白鸽从森林深处飞出,停在一位老婆婆家的窗前,悠闲地梳理着羽毛。这位老婆婆卧床不起,今年已经九十多岁了。漫长的二十年间,卧床的老婆婆越过窗子只能看到两个儿子耕种的那一小片农田。可是,老婆婆的窗户上镶嵌着五彩斑斓的玻璃,透过这扇彩色的玻璃窗,老婆婆眼里的世间万物都变得不同寻常起来。只要从枕头上稍稍仰起脖子,窗外的景色就会在红、黄、蓝、绿、紫之间不断变换。到了冬天,枝头挂满白霜,仿佛树叶裹上了银装,老婆婆只要在枕头上稍稍挪动身体,眼前银装素裹的美景立即被染成了绿色,春意盎然。

现实中原野白茫茫的、天空灰蒙蒙的,但在老婆婆的视线里,田野永远是绿色的,天空永远是湛蓝的,世间宛如已到盛夏。就这样,老婆婆好像拥有了魔法一般,从来不会觉得无聊。不仅如此,这扇窗户还有一个神奇之处,透过玻璃不同的切割面,物体可以变大也可以变小。所以,每当大儿子气呼呼地回来,在院子里发脾气怒吼时,老婆婆只需稍微调整视角就能看到缩小了的身影,儿子立刻变回到以前那个小小的听话的模样;看到蹒跚学步的孙子走到院子里,只要轻数一、二、三,透过放大镜的一侧望去,就能看到他们渐渐长高,成为帅气的彪形大汉。

尽管这扇窗户这么有趣,可是到了夏天,老婆婆还是会把窗户打开。因为透过窗户看到的景色再美,都比不上夏天原原本本的美景。

又到了仲夏时节热闹非凡的圣约翰节,老婆婆放眼四望,田野和牧场草木茂盛、郁郁葱葱,突然听见一只鸽子在放声歌唱。那甜美的歌声赞美耶稣,歌颂天国的欢愉,召唤在尘世间不堪生活重负、饱受苦难的人们前往天国。

可是,老婆婆觉得当下的尘世美如天堂,她已别无他求,便谢绝了鸽子的善意邀请。

于是,鸽子越过牧场,来到深山中的一片森林,看到一位农夫正在奋力地挖着井。农夫越挖越深,距离头顶的地面已有六尺之深,仿佛置身于墓穴之底。

鸽子心想,他身处于这样的洞底,看不到天空、大海和牧场,一定会向往天国。于是鸽子停在树枝上,对着农夫歌颂天国之美,劝其前往。

但是,农夫却拒绝了它,说:

"不行,我必须在这里挖井。不然的话,到了夏天,来访的客人们就会没有水喝,那位可怜的夫人和她的孩子们也无法生活。"

于是,鸽子飞过海岸,飞到刚才那位农夫的兄弟身旁。农夫的兄弟是一位渔夫,此时他正在拉网。鸽子停在芦苇上,对着渔夫歌唱起来,劝他前往天国。

渔夫回答道:

"我不能去。我必须先为家人考虑,要出海捕鱼。不然的话,我的孩子们食不果腹,会饿得哇哇大哭。去天国那是很久很久以后的事,我现在还不能考虑。在我死之前,我要好好活着。"

于是,鸽子又飞往农夫说的那位夫人那里。她们住在乡间一座很大的房子里,夫人正坐在廊下用手摇缝纫机缝着衣服。她的脸毫无血色,像百合花一般苍白,乌黑的头发如垂下的丧纱,头上戴着一顶鲜艳夺目的红帽子,正在为女儿做一件美丽的围裙,想让她在圣约翰节时穿。女儿坐在母亲身边的地板上,剪碎布玩。

"为什么爸爸还不回来呀?"

小女儿这样问道。

这正是这位年轻母亲最怕听到的问题,她不知该如何回答。孩子的父亲承受着比自己更巨大的悲伤,只身前往了遥远的异国他乡。

缝纫机已经有些磨损,但仍任劳任怨地工作着。要是人的心脏被扎了这么多针,一定会失血身亡。可针无数次穿过布,却将线整齐地留在了布上,真是太不可思议了!

"妈妈,我今天想去村里看太阳,这里好黑喔。"

孩子这样说道。

"好,过了中午,我就带你去看太阳。"

母女的居所位于这座海岛高高的悬崖之间,不见天日。不仅如此,房屋被高大的松树遮蔽着,连大海都看不见。

"我还要买好多好多玩具,好不好,妈妈?"

"可是,我们没有买那么多玩具的钱呀。"

妈妈一边说着一边分外悲伤地垂下了头。之前她们家拥有十分丰厚的财产,如今已所剩无几了。

但看到孩子失望的样子,妈妈把孩子抱到腿上。

"来,搂着妈妈的脖子。"

孩子乖乖搂住了妈妈的脖子。

"亲亲妈妈。"

于是孩子像小鸟一样张开双唇亲了妈妈一口。在孩子那蓝色水仙花一般清澈明亮的眼眸中,母亲美丽的容貌如天真无邪的孩童一般纯净,像沐浴着阳光的婴儿那样无忧无虑。

"看来我不需要在这里歌颂天国,但我一定要为她们做点什么。"

白鸽默默地在心中这样想着,向母女二人要去的"太阳村"方向飞去。

到了午后,这位可爱的夫人挎着提篮,牵着孩子的手准备出门了。夫人没去过"太阳村",但她知道村子在小岛的另一端,是太阳落山的方向。她还听岛民说,路上要穿过六个被栅栏围起来的农场,还有六道大门。

好,出发!

不久后,两人来到一条布满石块和树桩的险峻坡道,妈妈将孩子抱了起来,走得十分吃力。

孩子的左腿状况不太好,不当心的话骨头可能会弯曲变形,医生曾嘱咐说不能让她过度使用左腿。

年轻的母亲抱着孩子,不堪重负,气喘吁吁,森林中十分燥热,大颗的汗珠顺着她的脸颊流下。

"我口渴了,妈妈。"

小女儿哭着说。

"宝宝乖,忍一忍,忍一忍。一到那儿,妈妈就给你喝水,好不好?"

妈妈说着吮了吮孩子婴儿般的嘴巴,孩子立即开心地笑了,好像忘了口渴的事。

但是,烈日炎炎,林子里没有一丝风。

"好啦,下来自己走走看。"

妈妈说着将女儿放了下来。

"走不动了。"

小女儿哭哭啼啼地坐在了地上不肯走。

这时,路边漂亮的红玫瑰色的小花散发出阵阵巴旦杏香甜的气味。孩子还从来没有见过这么小的花朵,又喜笑颜开起来。母亲也获得了动力,重新抱起孩子继续赶路。

不久后,她们来到了第一道门。两人进门后回身又将门锁挂上。

突然,不知从哪儿传来了马儿的嘶鸣声,只见一匹脱缰之马鸣叫着奔出来,挡在道路中央。林中其他野马也此起彼伏地附和着它,鸣叫声响彻四方,一时间地动山摇,飞沙走石,树枝震颤。眼看着二十多匹野马将走投无路的母女二人围了起来。

孩子将脸埋进妈妈胸前,害怕得心扑通扑通狂跳不止。

"妈妈,我害怕!"

孩子小声胆怯地说道。

"上帝啊,请帮帮我们吧!"

母亲祈祷着。

突然,松林间响起蓝色知更鸟婉转悦耳的歌声,转瞬间马群四散而去,不知所踪,四周又恢复了原来的平静。

两人又通过了第二道门,同样回身关上了门。

眼前是一大片休耕的农田,没有种作物,阳光比森林中的炎热许多。绵延成行的田埂突然间动了起来,仔细一看,原来那高低错落的灰色土块竟然是羊群的脊背。

羊群中既有温顺的小羊,也有淘气的公羊,即使不去招惹它们,它们也可能会主动攻击人类,绝不能掉以轻心。果然,一只公羊跨过小沟飞奔到道路中,匍匐身躯,蓄力后退,摆出一副准备进攻的架势。

"妈妈,我怕!"

小女儿吓得心都要跳出来了。

"仁慈的上帝啊,救救我们吧。"

母亲仰望着上天祈祷着。这时,一只小云雀扇动着蝴蝶般美丽的翅膀飞来。当它开始歌唱时,公羊温顺地隐身于那片灰色的田埂间。

接着她们又来到了第三道门。这里是遍布沼泽的湿地,一不小心就会陷入沼泽无法自拔。随处可见的一堆堆草丛,好似点缀着朵朵白色木棉花的高墙,遮蔽了视线。总之,为了不陷入泥沼,必须笔直向前。更可怕的是,这里还长着有毒的黑木草莓,小孩子不小心摘到了,一定会被臭骂。小女儿只能眼巴巴地委屈地看着草莓,完全不明白毒为何物。

又往前走了一会儿,母亲突然察觉到林中飘来一种白色的东西。刚想看个清楚,太阳突然隐匿了踪迹,白雾四起,异常恐怖。

紧接着,白雾之中一匹头上长着两个弯角的动物现身,随着它一声吠叫,冒出更多这样头上长角的动物,朝着母女俩渐渐逼近。

"我害怕,妈妈,我好害怕!"

孩子哭喊着。

"伟大的上帝啊,慈悲的上帝啊,求求您垂怜我们吧。"

母亲退至道路旁,缩在沼泽中的草丛间,心中默默祈祷着。

一声巨响,从海上刮来一阵大风,吹过森林,吹得林中的每棵树都弯下了腰。其中有一棵年轻的松树弯曲树干,把树梢伸到这位无依无靠的母亲身旁,对她耳语了些什么。母亲一手怀抱女儿,伸出另一只手紧紧抓住了松树的树枝。这棵松树突然挺直身躯,将在沼泽中不断下沉的母女解救了出来。

这时,浓密的白雾被驱散得干干净净,阳光重新普照大地。就这样,两人已不知不觉来到了第四道门前。途中遗失了帽子的母亲用垂下的长发拭去女儿的眼泪,女儿露出了幸福的微笑。这笑容又抚慰了母亲哀伤的心,令她忘却了至今为止的一切痛苦,重新获得了前进的力量。走到这里,母亲的心已经不再彷徨,因为目的地就在不远的前方,红色的屋顶上彩旗飘扬,道路两旁的白绣球和野蔷薇并肩而立,似耳鬓厮磨的情人般亲密。

女儿也能自己下地走路了,还摘了满满一提篮的花,圣约翰节前夜,女儿要让她的布娃娃丽莎枕着这些花睡,让她的布娃娃也在梦中邂逅浪漫的爱情。

就这样,两人忘却了一路上经历的艰辛磨难,开开心心地继续前行。只要穿过赤杨林,就能到达"太阳村"了。就在两人登上了一座丘陵正要右转时,一只公牛出现在她们面前。

已经无处可逃了。崩溃的母亲跪着将孩子紧紧抱在怀中,垂下头护着孩子,长发如黑色面纱般垂下。

母亲伸出双手,匍匐叩拜,心中默默祈祷着。孩子极度恐惧悲伤,额角的汗水吧嗒吧嗒落在土地上。

"上帝啊,请拿走我的性命吧,只求您能保佑这孩子平安!"

突然,头顶传来振翅的声音,母亲抬头向上看去,只见一只白鸽正朝"太阳村"飞来,公牛已不见踪影。

母亲到处寻找孩子的身影,发现她正在路边摘着草莓。不知是谁在这里种下的草莓,母亲远远地看着孩子,放心地笑了。

终于,两人穿过了第六道门,在小镇的街道上漫步。

这座城镇依偎在小河旁,河堤上绿树成荫,菩提树高大挺拔,枫树郁郁葱葱,丘陵之上,白墙灰瓦的寺院中矗立着一座红色的钟楼,庭院里怒放的紫丁花香气四溢;茉莉花簇拥着邮局,大柏树后坐落着园丁的家,目之所及,皆是繁华。彩旗随风飘荡,岸边桥头停满了船只,处处彰显着节日欢庆的气氛,今天就是期盼已久的圣约翰节。

奇怪的是,整座城镇空无一人。两人想去店里买点东西,母亲准备给女儿买点水喝,却发现店面全都关门了。

"妈妈,我口好渴呀。"

两人又来到邮局,邮局也关着门。

"妈妈,我肚子饿了。"

母亲沉默不语。孩子不懂为什么明明不是周日,商店却都关着门,到处一个人也没有。女儿去园丁那里看了看,发现园丁家也关着门,只有一只看门狗卧在门里睡大觉。

"妈妈,我快累死了。"

"妈妈也是,我们去找点水喝吧。"

于是,两人挨家挨户敲门访问,却没有一家回应。孩子实在走不动路了,只能跛着脚前行。母亲不忍心看着女儿娇小的身躯弯曲的样子,抱着孩子在路边坐了下来。孩子很快就睡着了。

这个时候白鸽飞来停在丁香花丛中,用美丽的歌喉歌颂着天国的幸福快乐,诉说着人间无尽的疾苦。

母亲俯视着孩子睡梦中的脸。围在孩子头上的蕾丝花边就像盛开的百合花。看了这番情景,母亲感觉怀里拥抱的就是那无忧无虑的天堂。

突然,孩子醒过来哭着要水喝。

母亲只有沉默不语。

孩子哭着说:

"我要回家!"

"你愿意再走一遍那恐怖的路吗?太可怕了,妈妈受不了了,我宁可去跳海呢。"

母亲回答道。

可孩子仍然哭闹着。

"我想回家!"

母亲站起身来。

她发现不远处的丘陵上有一片年轻的赤杨林,仔细一看那些树木竟在不断地挪动。母亲立即反应过来,原来人们要为圣约翰节搭建草屋,正聚在那里采摘树叶呢。母亲猜想那里一定有水喝,便朝那边走去。

途中她们看到一间小屋,小屋四周环绕着树篱,白色的大门敞开着,好似在邀请她们进去。母亲走进大门,来到开满芍药花和猫爪花的花园。

小屋的窗户都拉着窗帘,窗帘都是白色的,只有屋顶那一扇窗开着。从两片棕榈叶之间看去,有一只白色的手,正挥舞着小小的手帕好像在与谁惜别。

母亲登上房屋门口的台阶,看到茂盛的草丛中摆放着一个桃金娘和白蔷薇编织的花环,这花环比新娘手上拿的那种花环大很多。

母亲又上了一层台阶,站在门廊里,敲门询问屋里有没有人。

见没有人应答,母亲便走进了小屋内。地板上撒满了蔷薇,中间放着一口棺材,银色的底架,铺着黑绫,里面睡着一个年轻女孩,头戴新娘的凤冠。

这口棺材是由松板制成的,做工很粗糙,只简单地刷了一层清漆,还能清晰看见树木的节疤。枯死发黑的树枝被砍去后留下许多圆形的节疤,看起来好似一个个眼珠。

最先注意到这个的是小女儿。

"妈妈,这儿有好多眼睛。"

女儿说道。

果真如此,这些眼睛形状各异,有充满热情的真挚的大眼睛,有亮晶晶的可爱的小眼睛,有眼白过多怒目而视的眼睛,有凌厉得好似能看穿人心的眼睛,还有怜爱地看着逝去的女儿的温柔又充满母爱的眼睛。晶莹透亮的松脂从节疤处渗出,就像眼中饱含着的泪水,在夕阳的照射下闪烁着钻石般的光辉。

"这个姐姐是睡着了吗?"

孩子第一次看到尸体,天真地问着妈妈。

"是的呀,她睡着了。"

"她是新娘吧,妈妈?"

"是呀,她是新娘。"

定睛端详,母亲发现自己认识这位女孩子,她是准备盛夏之际嫁给从远方回来的水手的那个姑娘。但是那位水手寄来信说到秋天才能回来,姑娘变得灰心丧气,竟然没能等到树叶枯黄、秋风萧瑟的秋天。

母亲倾听着白鸽的歌声,听懂了白鸽说的话,也明白了走出这间小屋后自己的去处。

她将重重的提篮放在门外,抱起孩子,踏上了横亘于自己与海岸之间的广阔原野。走在这片花海似的原野中,母亲白色的裙边被五颜六色的花粉装扮得绚丽多彩,花花草草们也围在母亲的裙边低声耳语着。

成群的蜂鸟、蜜蜂、蝴蝶唱着歌快乐地飞舞,仿佛一片片金色绸缎般的云彩环绕着母女二人。母亲脚步轻快地朝着海岸走去。

河里有一艘白色的帆船,无人把舵,却迎着风拉满帆朝着码头飞快驶来。母亲徜徉在花的海洋中,沐浴着沁人心脾的花香,她的衣裳也变得比花还要漂亮。

在海岸边的柳树下,母亲停下了脚步,只见枝头的鸟巢随风摇曳,鸟宝宝们即将进入梦乡。女儿想要摸一摸那些小鸟。

"不行哦,鸟巢是不可以摸的。"

妈妈这样说道。

最后,母女两人来到岸边,静静地伫立在布满沙石的海滩,很快一艘小船停靠过来,船上没有摆渡人。

母亲带着孩子上了船。船改变航向,驶离岸边。

船经过墓地旁时,钟声齐鸣,钟声里却没有一点悲伤。

船渐渐向远方驶去,来到一望无际的大海深处。

女儿从来没有见过这么深沉、这么湛蓝的海面,十分开心。可是,定睛一看,竟发现她们并不是在海洋之上,而是身处一大片美丽的矢车菊花的花海之中。女儿伸手摘了一朵。

花儿随风摇曳,像粼粼微波拍打着船身。没过多久,四周白雾升腾,耳畔响起阵阵海浪声,云雾之上云雀在放声高歌。

"为什么云雀会在海上鸣叫呢?"

孩子问道。

"可能是云雀把碧波荡漾的大海当作原野了吧!"

妈妈说道。

不一会儿,云雾消散,云雀在澄澈湛蓝的天空中翱翔。遥远的海的尽头有一座树木茂盛的小岛。白色的沙滩上人群摩肩接踵,熙熙攘攘。拱廊下的祭坛燃起了圣火,高高拱起的黄金打造的圆屋顶在夕阳的映照下闪闪发光,小岛的上空挂着一道红蓝绿的三色彩虹。

"那是什么呀,妈妈?"

母亲不知该怎么回答才好。

"那就是鸽子歌唱的天国吗,天国到底是什么样子呢,妈妈?"

"那是一个人人相亲相爱、没有悲伤也没有争斗的地方。"

"我想去那里。"

孩子说道。

"妈妈也是哦。"

尝尽人间疾苦,看透世事无常。母亲孤寂落寞地应道。